给我水，我就开花

章中林 著

远方出版社

图书在版编目（CIP）数据

给我水，我就开花 / 章中林著 . — 呼和浩特：远方出版社，2020.6

（心灵瑜伽系列）

ISBN 978-7-5555-1350-6

Ⅰ . ①给… Ⅱ . ①章… Ⅲ . ①散文集 – 中国 – 当代 Ⅳ . ① I267

中国版本图书馆 CIP 数据核字（2020）第 075212 号

给我水，我就开花

GEI WO SHUI，WO JIU KAIHUA

著　　者	章中林
责任编辑	王　叶
责任校对	王　叶
封面设计	鸿儒文轩
出版发行	远方出版社
社　　址	呼和浩特市乌兰察布东路 666 号　邮编 010010
电　　话	（0471）2236473 总编室　2236460 发行部
经　　销	新华书店
印　　刷	三河市华东印刷有限公司
开　　本	145mm × 210mm　1/32
字　　数	186 千
印　　张	9
版　　次	2020 年 6 月第 1 版
印　　次	2020 年 6 月第 1 次印刷
标准书号	ISBN　978-7-5555-1350-6
定　　价	45.00 元

目录

第一辑　热爱生命——给我水，我就开花

第二辑　磨砺生命——坐得住才站得起

第三辑 享受生活——放大你的幸福

第四辑 回望岁月——彼岸时光

第一辑

热爱生命——给我水，我就开花

生命从来只有一次，我们必须要好好地珍惜，这是毋庸置疑的。面对生命，我们要牢牢地把它攥在手心，让它开出灿烂的花朵——烟花一样恣肆，阳光一样泼辣。

给我水，我就开花

一支科学考察队在非洲荒漠中考察时，发现了一种状似石头的植物。那里的气候极为恶劣，一年中只有一次极为微弱的降雨，地表沙石遍地，寸草不生。科学家对这种植物的存在大为惊奇。为了验证一下，一位科学家打开水壶，将水灌向植物的根部。瞬间工夫，奇迹出现了，只见那棵植物发出噼啪的响声，撑开厚实的外壳，抽出一株淡黄色的茎，笔直地向上，拼命地拔节。之后，它又分出几根细茎，冒出花苞。花苞绽开，竟开出几朵粉红色的花朵。短短的几分钟，就如电视里的快镜头，将美艳绝伦的生命辉煌尽情展现，怎不叫人欢欣鼓舞呢？

我惊叹于生命的奇迹，仿佛听到那些散布在广袤荒漠上的花儿在无声地呐喊：“给我水，我就立即开花。”在死寂的荒原，飞沙走砾，太阳无情地炙烤大地，地表的温度高达五十摄氏度，鸡蛋埋在沙石中不到半个小时就熟了。而状似石头的它裹起厚厚的石头铠甲，默默地抵御着，在痛苦中煎熬，在孤独中积聚，不言放弃，等待着那每年仅有的一次雨水的光顾，然后灿烂绽放。

花儿如此，而我们作为万物之灵的人呢？当我们面对人生的困境时，交出的答案却往往不尽如人意。有的人跌倒之后，就畏缩不前，放弃了爬起的念头；有的人摔跤之后，站在原地，哀叹着命运不公，等待着上天的恩赐；而有的人跌倒又爬起，爬起又跌倒，在不断的坚持中找寻着水，期待着开花。我们知道，有且只有后者才能找到水，开出花，但是又有多少人能够坚持得下去呢？

罗丹就是这样的一朵花。我们许多人都仰慕崇拜于他的伟业，可是又有多少人知道他成功之前忍受的屈辱和辛酸？罗丹出生于一个贫苦的农民家庭，他酷爱雕塑艺术，心无旁骛地执着于创作。为了生活，他干过建筑装饰，当过见习道士，搞过业余创作。尽管他的作品已经达到了不起的水平，还是没有人赏识他，始终没有人知道他的名字，他唯一能做的就是在他人的作坊里出力流汗。那种难以言喻的苦痛是艰辛的、漫长的，但他一直准备着、规划着、积累着、创造着，他在等待着那幸运之水的来临，直到他用了一年半的时间创作出《青铜时代》。在《青铜时代》被人们认可前，如潮水般涌来的依旧是嘲讽和挖苦，甚至连他的雕塑能力也被质疑，要求他当面塑像。而罗丹却把这次责难当作一次浇开花儿的水，用自己熟练的技巧征服了世人。正是凭着“十年磨一剑”的执着，罗丹抓住了一次机会之水，成就了属于自己的辉煌。

达·芬奇也是这样的一朵花。他幼年丧母，始终怀才不遇，三十五岁之前一直默默无闻，但他始终没有丧失信心，而是独守陋室，坚持苦心作画。后来，他得到了一个给圣玛利亚修道院的一个餐厅画装饰画的机会。这是一件无足轻重的活计，一个普通的三流画家就可以完成，而且似乎也没有必要在一个饭厅的墙壁上下真功夫。但是达·芬奇却把它当作一次展示自己的机会之水，倾尽自己所有的才华，日夜在脚手架上作画，耗时七年才完成《最后的晚餐》这幅名画。凭着它，从来没有什么名声的达·芬奇声誉鹊起。

也许你扬帆于海上，暴风雨骤起，你的小舟随时会被打翻。但是请不要放弃，因为风雨之后，眼前会是“落霞与孤鹜齐飞”的水天一色。

也许你阔步草原之上，突然陷入沼泽地，你的天空顿时阴霾密布。但是请不要放弃，因为越过沼泽，前面就是“晴空一鹤排云上”的丽日晴空。

也许你在攀登山峰，磐石横亘前路，使你脚步迟滞，裹足不前。但是请不要放弃，因为跨上磐石，面对的就是“一览众山小”的豁然开朗。

（《思维与智慧》2010 年 8 月上）

时间是一匹马

时间是一匹马。我们一个人打马前行，如果没有握紧缰绳，或许就会从马上掉下来。马的奔跑是一条没有句点的直线，它从来不关心坐在背上的人是否还在，它只知道，向前，向前，再向前。

李真一原来是一位画家，画得一手好山水。看到她的画的人都说她的心中有丘壑。她也常常为此自鸣得意，还举办了一次个人画展。在画展上，她的画作更是被人称赞有黄宾虹的遗风。如果按照这个轨迹发展下去，那么到了今天，她应该是画坛翘楚了吧。

但是，当她鬼使神差地爱上一个人后，一切都变了。那个人玩弄了她，最后还无情地抛弃了她。她感到天空仿佛塌了，整天落落寡合，没有了生气，连提笔的兴致都没有了。

每天，她除了对着镜子梳妆打扮，就是说着过去的故事：当年自己的画画得怎么出色，自己是怎样的骄傲，他是怎样的爱自己……三十年过去了，她还沉浸在昨日的梦里，没有醒来。

时间是一匹马。落下马有什么关系呢？跨上马，我们挥鞭再前行就是，但是又有多少人做到了呢？放眼望望我们的身边，有多少人像她一样夸耀着当年呢？都说“好汉不提当年勇”，可为什么还有那么多人依旧在说呢？其实，就是因为他们在过去的时光里迷失了自己啊。

时间是一匹马。我们打马前行，如果不愿意睁开眼睛，就会错过身边的美好。马奔跑的速度不是我们所能掌控的，但是眼睛却是我们自己的，它能够给我们想要的风景。

几个朋友在一起喝茶聊天，大家都羡慕张老师文章写得好，尤其是回忆性散文，真切而传神，有直入人心的力量。张老师笑笑：“我并没有比大家多走多少路，只是比大家看得多罢了。”张老师的人生经历很是复杂：小时候，因为大爹在台湾备受欺凌，他当过泥瓦匠，烧过锅炉，在村里当过会计；后来，大爹成了台胞，他有了钱，到乡政府当秘书，到学校教书。丰富的人生经历都沉淀成了源源不竭的写作素材，化成了他笔下流动的风景。

时间是一匹马。骑在马上是一种常态，但有些人却因此觉得太过平常而不愿意去凝望自己的来路。我们都是独一无二的人，都拥有着独一无二的生活。你有什么必要去羡慕什么什么作家呢？其实，作家也不过是在用语言阐释自己对人生、对生活的理解啊。他们的文字里或多或少都有着自己生活的影子。这文字无论是写自己，还是写他人，都无一例外地向你传达着他曾经有过的生活或感悟。我们与其迷恋别人路上的风光，不如睁开眼睛看看自己眼前的景致。

时间是一匹马。它从平原、从高山、从大海呼啸而过，许多的烟雨苍茫，许多的青葱碧绿都被它记录，被它镌刻，被它收藏。在时间的马背上，我们不能妄想着从它的背上跳下来，那样我们会被时间抛弃；我们也不能无知地闭上眼睛，那样我们就会错过美好的时间。骑在时间的马上，我们要挺起胸膛，睁大眼睛，打开心窗，去努力寻找生活的美好，把它融入自己的血液，凝成自己最骄傲的骨骼。

时间是一匹马。一个人打马前行，时间会越来越硬，而我们的心却会越来越软。当我们用柔软的心来拥抱那坚硬的时间的时候，不仅是我们自己能听到血管里传来的嗒嗒马蹄声，更会把这一路铺成一条繁花满枝的绝美风景线，让人凝望，让人驻足。

（《百家散文》2016 年第 12 期）

因性格做出的选择，决定你的命运

我的性格内向文静，自卑懦弱，从不敢在人前大声说话，总是习惯于安静地待在一个角落里，做一个忠实的倾听者。做什么事情，我从来不敢轻易地表达自己的观点，更没有同龄的小伙伴那样神采飞扬、滔滔不绝的口才。

“你这样见人就脸红，结巴，将来怎么在社会上和人交往哦。”母亲看到我总是摇着头，叹着气。

父亲脾气火爆，对什么事情都有着一种近乎偏执的认真和固执。我和弟弟只要有什么事情没有满足他的要求，他就会对着我们大发雷霆，甚至是棍棒交加。每当这时候，我的心底就会滋生出对父亲的厌恶和憎恨来。

一次，我因为逃课去河里摸鱼，被父亲发觉了，把我打得腿上都是瘀青。母亲夺下了他的棍子，他还愤愤地说：“这么小的东西，就学会了撒谎，都是被你惯的。”他不但把我训了一顿，还把妈妈骂得涕泪涟涟。我心痛着妈妈，怨恨着父亲，可就是说不出来，只是瞪着眼睛望着他，表达着不满。

还有一次，我因为阻止他杀猪，被他用木槿条打了一顿。我倔强着，像一根木桩一样任其打骂。晚上，母亲一边给我上药，一边说着我糊涂：“你父亲就那么一个人，火一发完就没有了，你怎么就不知道跑呢？”

在父亲严厉的目光中，我变得谨小慎微，害羞内向。即使自己的观点正确我也不敢理直气壮地说出来，完全没有他人傲骄的自信、飞扬的神采。和人交往总是要说话的啊，我鼓起勇气报名参加了一个演讲比赛。

比赛前，我做了精心的准备：认真地写了一篇演讲稿，改了三四遍；在家里对着镜子练习了四五天，在母亲面前演讲收放自如。同学们都说，我的稿子写得精彩，肯定拿一等奖，但是结果却让大家大失所望。一到舞台上，面对着黑压压的人群，我像掉进了深井里，紧张得连呼吸都不顺畅了。我努力想让自己平静下来，可就是做不到，连演讲什么都完全忘记了。

性格决定命运，看来这一生我是没有什么希望了。那种说不出来的沮丧和懊恼压得我都有些透不过气来了。

人在孤独和寂寞的时候，总希望找到一个发泄的出口。交往不行，演讲也不行，那就学习吧。那些日子，我一门心思都放在学习上，兀兀穷年，不眠不休。同学们和老师都说我执着坚忍，是一个做学问的料。我自己也渐渐地找到了一些自信，更忘我地投入自己喜欢的生活中去。

参加工作之后，我依然固执地坚守着自己的性格——安静地做事，认真地做事，心无旁骛。没有想到的是，我这样不善交际、木讷口拙的一个人，竟然也能受到领导的赏识，做起了艺术总监。“沉得下心来做事，永远追求完美，把每一个细节都考虑周密，这是你最让我放心的地方。”听着领导的评价，我忽然发觉自己的性格也有着别人所没有的优势。

性格决定命运这话没有错，只是我当年的理解错了。每一种性格都有着它的优势，无所谓好坏优劣。这就像一座山峰一样，横看成岭侧成峰，关键在于我们怎么看。比尔·盖茨能够成就微软天下，却不能成为巴菲特；爱因斯坦能够笑傲物理学界，却不能成为魏茨曼；乔丹能够成为篮球巨人，却不能成为史泰龙……比尔·盖茨、爱因斯坦、乔丹都是内向型的性格，但是谁又敢说他们不成功呢？

性格是一种无形的资产。只要我们扬长避短，选择适合自己性格长处的事情去做，就一定能迎来我们期望的成功人生。而这因为性格做出的选择，其实就决定了你一生的命运，不是吗？

（《知识窗》2016 年第 9 期）

让是一种大智慧

张飞在一家饭店打工，嫌工资低不干了。他跑去找老板讨要二十天的工资。老板说他有两天没上班，只给十八天的工资。而张飞认为那两天是正常休假，不该扣自己的工资，于是在下班时拦住了老板。老板不同意，张飞抓住摩托坐架就是不相让。老板开着摩托就走，把张飞拖了四十多米。结果张飞成了植物人，躺在医院里没了意识，而老板砸进了十几万还看不到尽头。

看着《第一时间》上的这则新闻，我惊呆了。两天工资最多两百元，有必要这样针尖对麦芒吗？如果有人先让一步，就不可能弄到两败俱伤、不可收拾的地步。

生活中，忍让无处不在，无人不需。不能忍让的人往往害了别人又毁了自己。我们常说，退一步海阔天空，忍一时风平浪静。为什么事到临头，就忘了让是一种大智慧呢？

让是一种必要的修养。人的挫败感往往是在自认为受伤或者吃亏时产生的，并由此腾起无名火或者心生报复。这往往是我们忽略了反省造成的。遇到问题，如果我们想一想，它是什么引起的，自己有没有过错，争会有什么结果，让又会有怎样结果……这时，再看它，你就会发现矛盾没那么尖锐了，怒气也会渐渐平息。

面对得失荣辱，学会退一步，你不但会对自己释怀，还会善待他人。《弟子规》有言：财物轻，怨何生；言语忍，愤自泯。把钱财看轻一点儿，就不容易怨恨；对别人的言语多些宽容，就会少很多愤怒。心胸宽广了，能容能让了，还有什么样的山不能跨越？

让是一股迂回的力量。“手把青秧插野田，低头便见水中天。六根清净方为道，退步原来是向前。”布袋和尚这首诗对退让做了形象化的说明——退让表面看是在后退，其实它是在后退中向前。

马尔辛利刚出任美国总统时，指派某人担任税务部长，却遭到许多国会议员反对。他们派出代表拜见马尔辛利，当面辱骂他。马尔辛利始终一言不发。等到谩骂结束了，他才温和地说：“你讲完了，怒气该可以平息了吧！照理你是没有权利这样责问我的，不过我还是愿意详细地给你解释……”短短几句话，就让那个暴怒的议员懊悔万分。等到他回去汇报时，他只是说：“我记不清总统的全部解释，但有一点可以报告，那就是——总统的选择没有错。”

这就是让的力量。让步看似软弱，但是却能以柔克刚。因为让里有一种真诚接纳的态度，是一种宽容和尊重的修养。所以，当矛盾突现时，如果双方各让一步，就能化干戈为玉帛，换得和谐共赢的局面。

让是一种非凡的智慧。封建时代，功臣总是难以善终，但郭子仪却是一个例外。他凭什么做到这一点呢？让。权臣鱼朝恩派人挖了他的祖坟。他没有借机报复，而是对着皇帝哭诉道：“臣可能因为长期在外主持军务，部下众多，治军不严，下属摧毁别人坟墓的事是常有的。这是为臣的不忠不孝，招致老天的谴责，不是人患所造成的。”他任命了一个州县长官，代宗却不批准。部将们都为郭子仪鸣不平，但是他却大笑：“你们不知呀，皇上之所以这样做，是因为他们这些节度使手里有军队，不答应他们的要求他们就不会听命，这样做是因为皇帝怕他们造反呀。而对我却不怕我有所回应，那是将我当成心腹、自己人呀。”这样的忍让，还有谁能寻找到击垮郭子仪的手段呢？

退让是成熟睿智的气度，是一种大智慧。如果我们对芝麻小事睁一只眼、闭一只眼，不去斤斤计较，我们就能远离狭隘、自私、顽固，获得坦然、淡泊、悠远；如果我们立足于全局，放眼于未来，我们就能过得太平轻松、安稳自在，拥有自己美好的生活。

（《思维与智慧》2015 年 1 月上）

活出你自己

前两天，在网上看到一位网友大发感慨，这人活得要像潘石屹那样才叫滋润。潘石屹是谁，大家都知道，可是又有几个人能够活得像潘石屹呢？恐怕没有。

潘石屹挑砖，我们没挑过；潘石屹承包窑厂，我们没干过；潘石屹炒楼，我们没做过；潘石屹创办 SOHO，我们没想过……他冒险的时候，我们正安逸；他打拼的时候，我们正温暖；他苦恼的时候，我们正快乐；而当他发迹的时候，我们有什么理由说自己没他滋润呢？就像《楚天金报》报道中说的那个 26 年前和他一起挑砖的工友一样，你享受着你的享受，幸福着你的幸福，虽然没有别人站得高，但是你活成了真实的自己，这不就够了吗？

成功的人生没有固定的定义。如果我们能够认清自我，把自己定位在正确的位置上，并在奋进中持续不断地发现自我，这就是成功。用世俗的眼光看，那位工友是一个失败者；但是从获得的角度而言，他却是一个成功者。他没有逃避自己的责任，没有抛弃自己的人生，他不也同样经历了人生的历练吗？不也在风雨中磨炼了自己吗？

我们都是普通人，我们都有一颗平凡的心，都向往着安逸，向往小幸福，这有什么错吗？没有。既然没有错，那么我们向着自己梦想的目标奔跑，并一路收获着，这不也是一个多彩的人生吗？孔子的人生精彩，谁又能说庄子的人生就平淡呢？是人就要做好真实的自己，走好自己的人生，这是谁也不能逃避的现实。做好了真实的自我，谁还能有什么资格来贬低我们的价值呢？

当然，是人都有一颗虚荣的心。仰望塔尖上的人们，羡慕是免不了的，但是千万不要迷失了自己。做人一旦迷失了自己，就会丢掉良知，就会丢掉朋友，就会失去道义，结果就是对自己失去了信心，而成天生活在痛苦之中。当我们有那个时间去痛苦的时候，你是否想过你这样做的意义吗？除了折磨自己，让自己痛哭流涕，再也没有第二个价值。老鹰能翱翔天宇，青蛙只能留恋水塘。而当青蛙咬着木棍随着老鹰飞上蓝天的时候，它是得到了片刻的欢乐，但是不也把自己带进了万劫不复的地狱吗？

认清了自我，明确了目标，还要肯定自我，并敢于为实现自身的价值而努力。罗森塔尔博士就曾经在哈佛大学做过一个实验。他随机挑选了三名教师，告诉他们说："你们是学校最优秀的教师。因此，我们挑选了一百名全校最聪明的学生，希望你们三个能够让他们取得更好的成绩。”结果这三个班的学生在整个学区排在前列，而实际这一百个学生也是随机抽取的。这三名教师为什么能够做到这一点呢？其实，就在于他们敢于肯定自我，并且尽了自己最大的努力去实现自我价值。

没有人会是别人的影子，也没有人愿意成为别人的影子，在这个强调个性的社会中，我们都是唯一。既然如此，我们还有什么必要去痴想着成为他人，劳心劳力地模仿着他人呢？活出你的精彩，活出你的人生，你就活成了你自己。

（《心理与健康》2015 年第 10 期）

鱼缸里的石头

岳父老了，耳朵失聪，记忆力也差了。他就爱养些小动物，可是老是忘事，没有一个小动物是能够养长久的。养只画眉，只剩下了鸟笼；养条金鱼，只搁下了鱼缸；养只哈巴狗，只留下了照片……小动物养了一圈，可就是没有一个能够养过三个月的。我们几个都劝他不要养了，要是喜欢不如多跑几趟动物园。可是，没有了小动物，岳父似乎被抽去了一根脊梁骨，整天无精打采的，几天看不到一个笑脸。看来这小动物还真是离不开了。我们心里不禁犯起了嘀咕。

还没有等我们完全明白过来，岳父不知道又从哪里乐滋滋地捧回一只小乌龟来。我向来对乌龟有着敬畏的心理，毕竟是非凡之物。小龟不大，也就拳头大小，深褐色。小家伙惹人喜爱，一到鱼缸里，它就憨憨地伏在缸底，过了好一会儿才探头探脑地活动起来。

咦，鱼缸里放块石头干吗？“卖龟的说，乌龟也要活动筋骨。”岳父郑重地说。放石头，活动筋骨，它也懂生活？

嘿，还别说，有了鹅卵石，乌龟不再懒懒散散的了。虽然鱼缸活动的空间不大，但是它却并不在意，情绪明显地高涨起来，欢快地闪转腾挪，在石头上爬来爬去，还不时用脚搭着鱼缸的内壁，可是一个不稳，“哗啦！”一声倒栽葱跌落缸底，四脚乱蹬。岳父被它逗得呵呵地笑，孩子般一脸的灿烂。可乌龟似乎并不介意，马上又翻过身来再攀高。慵懒起来了，它就像一个顽皮的孩子，眯着眼静静地卧在缸底；高兴起来了，它就又狡猾地四处窥探。

屋外的阳光暖暖的，岳父的脸也是亮亮的。

有了小龟之后，岳父的精神明显地好了，出来进去总是脚步匆匆的，还哼着只有他自己才知道的小曲。他每天就围着鱼缸转，今天从集市上买来了小虾小鱼，明天就从肉案上拣些肉末之类来喂小龟。只要忙活累了，他就坐在鱼缸边唠叨着，还不时用芦苇秆挑逗小龟。小龟看去也不是省油的灯，不注意的时候，它竟然还敢咬芦苇，惹得岳父手舞足蹈。看着岳父这个老顽童如此放肆，我们都感到欣慰。

“石头呢？石头呢？”这天，岳父刚一进门就跑到后院嚷嚷开了。“什么石头？”我们都有些纳闷。“鱼缸里的石头。”岳父急吼吼地说道，一脸严肃，“谁拿走了？”

鱼缸里的石头？哦！前天岳父去安庆看望姑姑没有回来。我喂食时无意间发现小龟伸长着脖子，后爪踩着石头，两只前爪搭在缸上，攀上缸沿——大有越缸而过的架势。石头放在里面是个问题，这样下去，它迟早要逃掉。我思忖着拿走了石头。

这不就是一天吗？食也喂了，还会有多大的事呢？来到岳父的小屋，赫然发现小龟不游也不动，趴在缸底。投进去的小鱼、瘦肉几乎没见减少。主人不在，这小东西绝食抗议？“哪里是绝食，你把石头拿走了，它没有了精神寄托。”岳父嗔怪着，“要是现在让你放下手中的笔，你会有怎么样的感觉呢？凡是生命，有了希望才有奔头。要是连希望都没有了，即便是世间温暖如春，心头也会是一片寒霜。”

放下手中的笔？我绝不会放下。2008 年大雪突然遭遇车祸，我躺在床上一个多月不能举笔，那段苍白的日子至今回想起来仍然觉得心底是一片晦暗，眼前是一层雾霭。那种生活，怎么能够让人忍受？

真的会是石头的缘故吗？石头入水，小龟立即抖擞起来。刚才还是闭着的眼睛睁得溜圆，四只脚也活动了开来。它又开始了“越狱计划”，爬上石头，搭上鱼缸边沿，高昂着头淘气地翘望，一个不稳又跌落缸里。仰翻，静卧，再爬，再攀，再跌……就像一个演员在不停地表演着蹩脚的杂耍。

“嘿，嘿嘿，小子，还是我懂你吧。”岳父趴在小木桌上凝神地望着小龟，喃喃地说着。

阳光斜射进来，给屋里的一切镀上了一层暖暖的金色。

（《中国校园文学中学读本》2012 年第 3 期）

人生从来没有绝境

东非大裂谷地区的马拉维湖湖水清澈，但是水温过高，而且含氧量也非常低。这样的环境是不适合鱼类生存的。清澈的湖水，河床上的鱼卵很快就会被天敌发现；高温蒸煮，鱼卵会腐烂变质；即便逃过这两道鬼门关，严重缺氧和没有水草也会令幼鱼因饥饿而死亡。

这真是鱼类的绝境啊，但是科学家却惊讶地发现，它是慈鲷的天堂。这是为什么呢？科学家经过长期跟踪研究发现：慈鲷进化出了让人不可思议的孵化方式：雌性慈鲷将卵含在嘴里孵化。卵在嘴里，再强大的天敌也猎食不到，而不断呼吸，又能降温和供氧，保证了孵化率。雄鱼虽然把食物都塞进了雌鱼的嘴里，而雌鱼为了幼鱼安全，不食分毫。就这样，一个月之后，幼鱼有了独立生存的能力，雌鱼才把它们放进湖中。

马拉维湖是鱼类禁区，而慈鲷却用智慧赢得种群的兴盛，成为马拉维湖一道绝美的风景，那么作为万物之灵的人呢？按照道理，人类应该比慈鲷有着更睿智的思考、更理性的选择、更坚决的行动，但是现实中却有很多人在所谓的绝境面前选择了放弃生命。作家古龙自杀，演员张国荣自杀，导演马晓自杀……在这一串自杀的名单里，有多少人真的就走进了人生的绝境呢？

“不要惧怕失败，即使被踩到泥土中，我们也不能甘心变成泥土，而要成为破土而出的鲜花，从绝望中寻找希望，人生终将辉煌。”新东方校长俞敏洪就是如此面对绝境的。

在北大教了四年书，看到同学相继出国了，他也开始紧锣密鼓地准备起来。三年半的努力，希望成了泡影。为了梦想，他在校外办起了托福班，为出国学费忙碌着。但是梦想在一个飘着细雨的秋夜被彻底打碎了。

那天，他和朋友高兴地喝着小酒，描绘着日渐清晰的出国梦。这时，北大的高音喇叭里宣布了对他的处分决定。这个处分决定高音喇叭连播了三天，北大有线电视台连播了半个月，在三角地橱窗里还亮了一个半月。颜面扫地，他只能选择离开。

人生到这里是不是走进绝境了呢？梦想没有了，工作没有了，脸面没有了……他还有什么呢？俞敏洪说：“当一个人在绝境中为生存而奋斗时，他做什么都不会感到有心理障碍的。”他有什么呢？他有的是一股不怕摔的干劲、一股不服输的狠劲和一股不放弃的韧劲。低头走路，抬头看天，不问风雨，不问苍天，他不就这样在绝望的谷底开出了惊艳的花朵吗?

生活就像一片海，有一帆风顺，自然也有惊涛骇浪。谁也不能只享受顺利的安逸，而不去接受逆境的打磨。一个人要想有所成就，经受惊涛骇浪的考验是他走向坚强的唯一标准，而成功也只青睐那些面对绝境决不屈服、不放弃的人。

让·诺雷是一个法国青年，生在贫困家庭，从小自卑。大学毕业，屡次求职，屡次失败，最后沉迷在游戏里不能自拔，过得穷困潦倒。一次，好友安克拉他去看才艺表演。他发现表演的都是草根族，而安克也想拉他上场。他嚷着不行，但是安克却坚决地把他拉上了场。他顺手捡起一个椰子放在头顶，对安克喊："还记得小时候的游戏吗？动手吧！"安克一棍扫去，椰子碎了，而让·诺雷却面不改色。表演赢得掌声雷动，被久违的鼓励包围着，他热泪盈眶。回家之后，他开始尝试不同的工作，送快递，卖鲜花，两年之后，他成了房地产公司的经理。随后，他辞职回家，用一年时间写出了《被椰子改变的梦想》，成了高居榜首的畅销书作家。

世上没有绝对的事，人生也从来没有绝对的困境。马丁·路德·金曾说："我们从绝望的大山上砍下一块希望的石头。"无论多么难，都要坚信，只要坚持就有希望，就有转机。这世界上，只要思维不绝望，心灵不干涸，再荒凉的土地，也能变成生机勃勃的绿洲。

（《山西党校报》2016 年 1 月 8 日）

走一步，再走一步

每个人的人生际遇不同，有的人努力了一辈子都不曾品尝过成功，而有些人却能够笑傲人生，成就辉煌。成功的机会对于每个人来说都是平等的，但是为什么区别这么大呢？下面这个小姑娘的故事或许能够给予我们一些有益的启示。

她出生在德国汉堡的一个牧师家庭。她不到一岁就学会了说话，却学不会走路。三岁，别的孩子早已到处奔跑，而她扶着墙还走不稳，更不要说奔跑了，父母望着她，直落眼泪。

她的父亲不相信她是个运动的白痴，只要有时间，他就牵着孩子走楼梯。这时，她总是紧紧地抓着父亲的手，满眼写满了惊恐。而父亲总是不厌其烦地做着示范，告诉她怎样迈脚，怎样下楼，并谆谆教诲她："困难不可怕，只要我们有信心，敢于迈步，就不存在困难。下楼梯，你闭着眼睛迈出了第一步，那么下一步也就在眼前了，有什么困难呢？”

父亲的话给了她力量，她一边在心里想象着怎么迈步，怎么下楼，一边尝试着练习。可是，也许是先天缺少平衡感，迈出了一步，还没有来得及跨出第二步，人就从楼梯上摔了下去。父亲冲了出去，抱住她问摔得怎么样，她擦了擦眼角的鲜血，拽着扶手爬了起来。父亲想牵她回屋。可是，她头一仰，坚决地拒绝了父亲。她松开扶手，望着脚下的楼梯，站着。她的腿抖得厉害，但是她没有退缩，咬着牙，鼓着气，抖抖索索地伸出了一只脚。那只脚在楼梯上站稳了，她没有摔倒。背后响起了掌声，她知道那是父亲在背后为自己加油。接着，她又迈出了第二步，但是这次没有站稳，她再次跌倒了。

两次跌倒，让她痛了几天，但是她却学会了走路——尽管像企鹅，毕竟是自己在走。

上了学之后，由于走路的姿势不好看，她自卑寡言，不愿意亲近同学，被同学们取了个绰号“灰老鼠”。学校里改变她一生的一件事，就是那次三米台跳水。

那是小学的一堂跳水课。同学们都已经顺利地跳下了水。跳台上只剩下她孤零零的一个人还在等待着。尽管台下老师和同学们不断地鼓励着她，可是她还是不敢上前，害怕得眼泪糊满了脸。

下课的铃声响了，她的身子一颤，脚有些站不稳。她望望跳台，后退了一步，两步……突然，她站直了身子，向前走了一步，再走了一步，眼睛一闭，她直接从台上飞了下来。全场响起了热烈的掌声。

从水里出来，小伙伴们问她怎么跳下来的。这时，她还没有从恐惧中走出来，颤声说："爸爸说，遇到困难，闭上眼睛，迈出第一步，第二步也就在眼前了。"

闭上眼睛，往前冲，这成了她人生的一个信念。凭着这个信念，她以近乎完美的分数从高中毕业，顺利地进入莱比锡大学攻读物理学，并获得物理学博士学位。凭着这个信念，大学毕业之后，她加入了基民盟，短短十五年的时间里，她就成为德国历史上第一位女总理。

她是谁？她就是德国历史上最年轻的总理安格拉·默克尔。

我们每一个人都有好胜心，在刚刚遇到自己热爱的事情的时候，总是充满激情。但是，一旦外界的诱惑来了，困难来了，当初的激情就会灰飞烟灭。所以，尽管我们迈出了第一步，但是如果没有再走一步的决心，那么再唾手可得的成功也会与我们失之交臂。

人不轻狂枉少年。我们正值青春年少，没有理由不去追逐梦想，不去接受挑战。所以，当你想要逃避的时候，就学一学默克尔：走一步，再走一步。

仰望生活

入夜，没有月亮，没有灯光，人就像掉进了一口黑暗的井里。这样的世界，没有谁是不想夺路而逃的。这是夜行必会经受的考验，概莫能外。有人惊叫着狂奔，有人恐惧着哀号，但更多的人会选择仰望星空。没有了月亮，苍穹上点点寒星却还在。它们的光虽然像萤火那么微弱消瘦，但是却足以照亮那迫切希望捕捉光亮的眼。于是，许多人轻松地走过了那无边的暗夜。

仰望星空是一种行走的姿态，仰望生活不也是一种积极的生活态度吗？

赵本践罹患肺癌，医生说他只有半年的时间，但是他却并不在意，而是计划着去实现他的环球旅行的梦想。本来有工作的拖累，现在去日无多，工作也就不是首要考虑的问题了。他辞去工作，带上爱人，踏上了连自己都不知道能不能完成的旅行。

他奔波在路上，首尔、东京、夏威夷、旧金山……每一个以前只能在电视里才能谋面的城市，现在都成了他镜头里的风景。他忙着拍照，忙着发微博，忙着回消息，忙碌成了他生活中的一种常态。现在，四个半年过去了，赵本践还活着。医生检查说，他能挺过两年时光已经是个奇迹。但是，他却说，自己还没有活够，他要继续走下去。

赵本践为什么能走过人生中最暗淡的时光呢？用他自己的话说就是，现在什么都不重要了，只要人还在，就是胜利。放下了那些拼命追求的负累，一身轻松，仰望的世界也会变得纯净而空阔。正因此，他才在行走中成就了自己——战胜了那连专家都谈之色变的肺癌。

林大妈是不幸的：结婚没五年就死了丈夫，留下的一个遗腹子还是傻子，晚年大儿子又遭遇车祸残废了，媳妇也跑了。这样的生活简直比黄连还苦，谁听了都会唏嘘慨叹，为林大妈揪心。

以前，只要和人提起林大妈，人们就会想当然地认为她一定是面容枯槁、发如稻草、衣衫寒酸的形象。但是，当林大妈真的出现在大家面前时，人们更多的是震惊和错愕。她罩着大红带着黑色梅花的旗袍，高绾着发髻，上着淡妆。头发虽然有些发灰，但是却没有多少白发；脸色有些发黄，但是却有滋润的光泽。这样的一个形象摆在哪都是有模有样的，哪里能看得出她曾经遭受过那么多不幸和磨难呢？

“不幸每个人或多或少都要经历，只不过我比他们经历得多了一些而已。经历一次也是经历，经历两次也是经历，我有什么必要对它们念念不忘呢？每天晚上，睡觉之前，我都会仰望一下天空。有月亮的夜晚看不见星星，是星星不存在吗？不是。没有了月亮那些星星不就都跳出来了吗？我就想，月亮我是要不到了，但是星星一样的小幸福还是有的吧。小儿子虽然傻，但是不淘气；大儿子虽然残废，但是还能给我一些帮衬；孙子虽然小，但是聪明孝顺。我还拥有这么多，那我还有什么不满足的呢？相对于那些失去的，这跟前的一切不更值得我们仰望和呵护吗？”

听着林大妈的话，谁不会为她的淡泊豁达而折服呢？人生不如意事十之八九，既然不如意是人生的一种常态，我们又何必纠缠于它的无情。放下它，我们就能仰望生活，赢得未来。

仰望是一种生活的态度。仰望生活，犹如炎夏遭遇雷雨，燥热中席卷着安慰；仰望生活，犹如雪夜绽放蜡梅，清冷中燃烧着自信；仰望生活，犹如荒地长出青草，死寂中滋生着希望……有了仰望生活的姿态，还有怎样的生活不能让我们安之若素，还有怎样的生活不能让我们偃仰啸歌呢？

（《武汉晚报》2015 年 11 月 2 日）

为今天开心

一个同学在杭州打拼，好不容易挣下了两处房产。本来打算将老人带过去享福，不成想他被一个朋友欺骗——用房产抵押了一百万投资朋友的工程，而朋友投资失败，席卷了钱逃之夭夭。他那段时间就像疯了一样，报警请求警方的帮助，四处寻找。可是，朋友仿佛从人间蒸发了一样杳无音信。本来这套房子的贷款刚刚还清，而新买的房子又要还按揭，他根本没有钱来支付抵押贷款。但是如果没钱还抵押贷款，房子就面临着被银行查封的危险。他满是焦虑，夜不成寐，竟然得了胃癌，住进了医院。当我看到他时，人一下子变得瘦削苍老，憔悴的脸上爬上了刀刻般的皱纹。

听着他倾诉自己的不幸遭遇，我心里不禁对那个忘恩负义的家伙感到憎恶。一段美好的友情就是由于他的逃避而让人生出世态炎凉的寒意。你诅咒着朋友的无情，悔恨着自己的轻信，似乎你是被世界抛弃了的人。朋友的离去，也许有着无法说出的原因吧，既然你们以前那么要好，为什么不试着原谅他呢？你的付出，为什么不可以理解为你的善良和诚挚？人生中风雨载途，不经历艰辛那是痴人说梦。既然如此，我们还是生活在现实中吧，以前的错误已经酿成了，我们没有必要耿耿于怀。放开心胸，悦纳自己，坦然面对，对我们来说比什么都重要。

人生的丰富，不仅在它有着收获的荣光，还有着失败的击打。磕磕碰碰始终是纠缠着我们的一道绳索。如果我们的情绪被它所左右，一味地逃避着现实，它必然会越勒越紧，以致我们无处遁逃，成为它的俘虏。无论多大的磨难，我们都要给它设定一个终点，让那过去了的永远成为过去。善于抛却烦恼，记住快乐，我们的世界才会明媚如春。而如果我们始终陷入被击打的世界，总是背着沉重的包袱，在焦躁、愤懑、后悔中生活，我们不但会白白浪费自己的大好时光，而且往往会被压力击溃。

人生不如意事十之八九。我们不要想着不可自拔的忧伤，不要计较着无以名状的痛苦，而要为自己的今天开心。较量痛苦，徒添烦恼；计较失去，悔恨莫名；徘徊忧伤，刺伤自己……既然每一个患得患失都让我们陷入伤悲，不如放眼今天，为自己的今天开心。

我们每一个人都是脆弱的，尤其在遭遇打击和失败的时候，我们往往无所适从，自怨自艾。可是一旦走过那段艰难，才发现烦恼是自己找的。只要内心尝试着面对现实，原谅他人，接受自己，恍然间，你会发现每天无病呻吟、感慨万千也是于事无补，现实并没有我们想象中的那么可怕。既然这样垂头丧气地苦撑，不如昂起头来走路。路不平，就踏平它；有荆棘，就挑开它；有风雨，就迎向它……只要我们带着快乐，不断奔跑，总能找到明天的朝阳。

开心就仰天长啸，伤心就涕泪横流，随情随性地展现自我，不要把痛苦压在心底。给痛苦一掬泪吧，它会化解你所有的伤悲。没有哪一次笑会被人永久地记得，但是哭却可以带给人刻骨的回忆。既然这样，我们何不擦干泪水，放下伤悲，打开心灵的窗户，让阳光照进来，做一个开心的人。朋友，我们要坚信：一切都会过去，那过去了的，将成为永远的怀恋。

如果你心头一片黑暗，那么，什么样的蜡烛也无法将其照亮！即便我没有吹灭蜡烛，也说不定会被哪阵风给吹灭。而只有你点亮了心灯一盏，天地就自然一片光明。做一下深呼吸，涤荡一下沉重的心灵，给身体进行松绑，数一数自己的幸福，你会发现环绕在自己身边的美好，而自己也没有想象中的那么糟。

让我们解放自己，静静地回家。你会发现白云也会追逐苍鹰，风声也会和你耳语，晚霞也会对你嫣然一笑……回家和父母聊聊家常，和妻子说说情话，和朋友摆摆龙门……或者干脆给自己的心情放个假，去登临群山，去探访秀水。如果觉得还不畅快，拿上一把吉他做一回流浪歌手，扯开嗓子，吼出《神曲》吧。这时，你会发现生活是如此的丰富多彩。心中的抱怨没有了，眼中的灰暗消失了，脚下的道路延伸了，我们的内心也会充实起来。这时你会发现，那个珍惜时间、开心度过每一天的我又回来了。

刘心武说："要为你自己高兴，你的个子最适合于你，你的相貌为你所独有，你的身体状况即使不佳，即使有残那也无碍你内心的自尊与自爱，因为你在诚实地生活，在认真地工作，在挣得你应得的一份，在享受社会应为你提供的那一份快乐。在每天晚上问心无愧地安睡，在每天清晨兴致勃勃地迎接又一个平凡而充实的日子……"

我们每一个人都有着这样或那样的缺点，但是这又有什么关系呢？其实，在人生的旅途上，我们每个人都在营造一抹风景，一抹个性独特的风景。不能长成参天大树，做一棵灌木不也挺立吗？做不成灌木，做一朵花儿不也飘香吗？做不成花儿，做一株小草不也凝绿吗？做不成小草，做一粒沙子不也踏实吗？这个世界，存在的都是有价值的。只要路在延伸，风景就会不断给我们惊喜。

因此，我们不必囿于昨日梦魇而自怨自艾，我们要悦纳自己，为自己的今天开心。

俯视 45° 的幸福

这些天总是被微博上那些张扬的幸福画面打动：张娴依是一名导游，她的微博里随时蹦出的都是她站在风景里的美照；赵丽君是一位模特，她的微博里到处是她穿着各式的服装在巧笑倩兮；李俊是一个美食记者，他的微博里除了美食还是美食，让人馋涎欲滴……

仰望着他们幸福满满的模样，心底滋生出莫名的味道。作为一名教师，每天拘束在三尺讲台之上，被烦琐的工作所累，单调而乏味——连自己的容颜都懒得收拾，哪里还有时间去看风景，哪里还有时间去摆 pose，更别说坐下来细细品尝美味了。我怎么就选错了职业，做了一名教师呢？

教师节的晚上，无聊而懒散，就把学生送的贺卡、玫瑰和绿植拍下来放到了微博上。他们纷纷送上了自己的祝福。

看着那一句句祝福，我苦笑，向他们倒起了苦水。不料这个动作却成了一个导火索，引爆了微博朋友圈。

“你每天对着孩子纯真无邪的眼睛不幸福吗？我可是要四处奔波，要忍受旅客的白眼，稍有闪失还要遭遇被投诉。那些风景很美吗？你每天对着同一个风景试试，恐怕你早就爆炸了。”张娴依打完了文字，还给了一个吐舌头的鬼脸。

“你每天有正常的作息时间，一觉可以睡到自然醒，还有几个月的假期，你还不知足吗？我呢？生活没有规律，一天要赶几个场，连吃饭都顾不上，有时只能在换衣间眯一下，还要承受着被无情淘汰的危机。你说你不幸福，我们换换试试。”每天笑脸迎人的赵丽君一出口，天空怎么就满是阴霾了呢？

“大家或许会认为我最幸福了——每天美食伺候着，神仙也不换啊。真的是这样吗？不是。看看我的模样，大象的体形，我的身体全毁了，要知道当年我可是魔鬼身材。我现在面对美食都不敢下筷子，你说这是幸福吗？”平时幽默风趣的李俊今天怎么只剩下沉重了呢？

仔细翻看那一条条的微博，我忽然发现生活永远有截然不同的两面。不管你愿不愿意，它都存在，你都必须承受。幸福只是一种感受，它之所以被搁浅，并不是它不在，而是被我们忽略了。平时，我总是在仰望别人的幸福，却从来没有用45°的俯角来打量自己的脚下，以致被阴云遮住了双眼。其实，只要我们心向太阳，俯视足下，幸福就在我们身边。

美国作家霍森曾说：“幸福是一只蝴蝶，你要追逐它的时候，总是追不到；但是如果你静悄悄地坐下来，它也许会飞落你身上。”真的，我有什么不幸福的呢？在家里，我有知冷知热的妻子，我有乖巧伶俐的女儿；在学校，我有真诚合作的同事，我有爱我敬我的学生；在写作上，我有知我重我的老师，我有如水之交的同道……静下心来，细细点数，我的生活里哪里缺少幸福呢？

潮涨潮会落，花开花会谢，这就是生活。面对生活，我们所要做的就是，“宠辱不惊，闲看庭外花开花落；去留无意，漫看天边云卷云舒”。因为“一个人总是在仰望和羡慕别人的幸福，一回头才发现自己正被别人仰望和羡慕着”（卞之琳语）。每个人都有属于自己的幸福，我们有什么必要在仰望他人中迷失自我呢？用 45° 的俯角看看自己的脚下吧，因为幸福就在你的脚下。

正想着，忽然手机里跳出一条短信：老师，每一缕阳光是我对您的祝福，每一颗星星是我看您的眼睛，每一丝细雨牵着我对您的思念……想念您——您永远的学生童世军。童世军，一个二十多年前毕业的学生。幸福如洪水，就这样漫过来，泛滥在我的心底。

（《九华晨刊》2015 年 9 月 29 日）

人生最重要的一课

人生是一粒出膛的子弹，打出去，不左顾右盼，才能命中靶心。走在路上，风景到处都有，什么都想得到，那么你什么都难得到。这是父亲三十多年前给我上的最重要的一课。

那年，我上高三，但是兴趣却不在学习上。我梦想着像三毛那样浪迹天涯，我梦想着像刘德华那样笑傲江湖，我梦想着像崔健那样摇摆天下……写写小文章，看看刘德华，弹弹破吉他，生活被它们填满了，竟也很美好。但这美好没有持续多久，随着高考结束，它也戛然而止了。

回家，正值“双抢”。我被父亲拉到田里去割早稻、插晚稻，到地里去收黄豆、摘棉花。那曾经的美好在现实面前没有了一点儿存身的地方。每天，被忙碌牵着，被毒日晒着，被汗水灌着，累到脚抬不上床，手举不上头。三毛在哪里，连日记都不知扔到哪里了；刘德华在哪里，连电视都没有，就别奢望了；崔健在哪里，吉他蒙了一层灰都没有时间去打理。我也想去看一看它们，摸一摸它们，但是被生活催逼着，你能有什么闲情呢？“双抢就是抢种抢收，没有劳动哪来生活？”父亲的话很少，却砸到了我的心坎上。人只有先活着，才能做梦，否则什么都是空中楼阁。

那天，忙完田里的活儿，父亲又拉着我到地里给棉花打水杈。棉花长得好好的，打什么水杈？看着那些长得明亮亮的，比其他枝丫更高大、更骄傲的水杈，我有些不解。父亲没有给我解释，让我自己去看，去想。

水杈和母枝有什么不同？它应该是后长的，不然不可能这样鲜绿；它应该是长得最快的，不然不可能这样高大；它应该是养料吸收最快的，不然不可能这样粗壮……

“嗬，书没白念，也懂得思考和分析了，但是你有没有发现自己忽略了一个细节。”细节？良久，我恍然发现：水杈上虽然也有花蕾，却只有可怜的一两个，而母枝上却是逢节就开花打蕾的。

“眼神不错。面对这样的情况，你觉得我们应该怎样去选择呢？是把它们都保留着，还是剪除水杈呢？都留着，棉花吸收的营养只有那么多，势必要影响棉花的收成；但是如果剪除了水杈，我们就能保证把营养集中到母枝上，这样就能开最多的花，收最多的花。我想，没有人糊涂到连这样的选择都不知道吧。”

父亲望了望我，意味深长地说：“人生也和种棉花一样。

没有选择就没有人生，我们必须要做出选择。人的精力只有一个，我们必须要想清楚自己最需要的是什么，最希望达到的是什么。你要想让自己这粒子弹能准确击中靶心，就只能剪除水杈，专注于母枝，并让它向着靶心冲刺。业精于勤荒于嬉。什么事只要你努力了，我相信，你就能赢得那份属于你的光荣和美好。”

凝望着父亲深邃的目光，我忽然发现他就是一位从田野中走来的哲学家。父亲虽然没能走出去，在故乡，他却是一把种庄稼的好手。十里八村的乡亲，提到父亲，没有谁不伸大拇指的；遇到父亲，没有谁不尊敬他的。一个人，能有这样，人生不也就没什么遗憾了吗？

暑假还没有结束，我就坚决地去复读了。第二年，我顺利地考取了大专。虽然有遗憾，但是我不后悔。此后，我一直在努力地弥补高考的遗憾。开始，我被分配在农村小学教书，但是我始终不放弃自己的努力，进了初中，上了高中，直至进城到省重点高中教书。

虽然我丢下了文学，丢下了表演，丢下了音乐，但是我觉得我的人生每一步都走得踏实，走得坚定，这应该感谢我的父亲——是他给我的人生上了最重要的一课。

（《法制文萃报》2016 年 6 月 23 日）

带着梦想生活

一名校毕业的硕士研究生放弃月薪 7000 元的白领生活，到横店影视城去跑龙套，做群众演员。一身汗臭，一天八小时，也只有 40 元，还常常没有活儿，这哪里还是人的生活？同事们劝他，朋友们拉他，但是他不为所动，他总是说现在不做梦，将来做梦就来不及了。

炎炎烈日，其他人都躲到树荫下，只有他跟在导演身后，热情地跑上跑下，带着好奇的眼睛去寻找，去发现——他说，他梦想成为一个导演，然后用手中的镜头记录生活中的诗意。看着那张年轻充满朝气的脸，我们看不到失落和哀伤，有的却是幸福和快乐。

海阔凭鱼跃，天高任鸟飞。每个人都有梦想，但是很多人的梦想都破灭在做梦的幻境里。“梦里走了许多路，醒来还是在床上。”哲学家用形象化的语言告诉我们人不能躺在梦幻似的生活里。有梦就要去追求，去寻找。这位名校毕业生的梦想即便不能实现，但是他有过梦，追过梦，这不就够了吗？人生不都是在对梦想不停步的寻找中发光发热的吗？

南京有一位单身母亲，她的梦想是带着女儿走遍世界各大都市。但她只是一个店员，每个月的薪水也只有区区的两千多元，维持两个人的生活也只是勉勉强强。许多人听到她说要走遍世界各大都市后都认为她是在痴人说梦。是啊，没有经济做支撑，再丰满的梦想也只是易碎的肥皂泡。

在众人讥讽嘲弄的眼光中，这位单身母亲开始了积极而艰辛的准备。当人们几乎淡忘了这件事的时候，她却在微博里贴出了自己到达伦敦和巴黎的照片，一时间引起了广泛的关注。一个大人带着一个孩子就是走出国门也至少要准备两三万吧，可是她们六千块钱就把伦敦和巴黎玩了一个遍。一时间，微博上粉丝如云，都在打听怎样用最少的钱玩转伦敦和巴黎。

我们都爱读海子的诗：“从明天起，做一个幸福的人 / 喂马，劈柴，周游世界 / 从明天起，关心粮食和蔬菜 / 我有一所房子，面朝大海，春暖花开……”我们说他浪漫，说他洒脱，说他悠闲，可是又有多少人关注过自己的梦想，为了梦想而执着前行呢？

梦想浪漫的花苞虽然五彩缤纷，但是终究经不住时光的打磨。有多少梦想还没有来得及开花就凋谢了，枯萎了，空留下一地惆怅，一声叹息。海子的离去是每一个有梦想的人心中无法抹去的痛，可是又有谁看到他梦醒之后无路可走的苦痛？其实，海子的悲剧就是梦想覆灭之殇。

人生不能没有梦想。如果突然有一天，面对良辰美景，我们不会激动；面对缤纷梦想，我们不能行动；那么我们的人生还有什么希望？

人生不易，有梦就是幸福。也许我们这辈子只能做“放马劈柴”的生活，但是只要心中有梦，我们就能怀抱一轮明月，生活处处也会满是诗意。

努力向上吧，星星就躲藏在你的灵魂深处；做一个悠远的梦吧，每个梦想都会超越你的目标。只要我们心怀梦想，面向大海，不停地飞翔，春暖了，花自然就会开出一路芬芳。

（《迪庆日报》2016 年 4 月 5 日）

让思想开花

人们常说，处处留心皆学问。只有那些目光锐利，思维敏捷，善于在平常中发现不平常的人，才能捕捉到稍纵即逝的机遇，成就自己的事业。

有一天一个名叫文川的广州人迷了路，他怎么也找不到自己要去的宾馆。他非常沮丧，费尽了周折才找到那家宾馆。一般人也许自认为晦气就一笑而过了，但是他却灵光一闪，要是制作一张地图，把全市的商业机构的名称和形象标志都标上，让商家出赞助费，一定可行。这样，一方面满足了出游的旅客的需求，解了他们的燃眉之急；另一方面，商家花钱不多，又达到了宣传的目的。他很快做了一个方案，并找到广东省政府发展研究中心，把这个方案推广到各个城市。仅仅半年的奔波，他就赚了三十万。

文川之所以成功，在于无声处，听到了内心的呐喊，并牢牢地把握住了它，使得一次受困竟无意间成就了自己。而河南姑娘梁晓燕凭借着卖西湖水，将自己的人生舞得风生水起。

梁晓燕在杭州经营一家小店面，专卖工艺纪念品。由于离西湖较远，生意平平。为了招揽生意，她常常带着工艺画制品到西湖边兜售，但销量不大。一天，一对情侣在西湖边戏水，喊着“美女醉水”，临走时还意犹未尽地说：“我真想把这西湖水带走！”小情侣的话在梁晓燕的耳边久久地萦绕回荡。“对啊，把西湖水和我的工艺画结合起来，那不就可以圆了游客的梦想吗？”她找到一家工艺制品厂，将西湖水经过特殊处理真空放进工艺画里，画中的西湖水成了真正的西湖水，本来“死”的画马上变得鲜活灵动起来。产品一上市，就受到游客的热烈追捧，供不应求。如今，梁晓燕的画已卖到了世界各地。

试想，如果当时文川和梁晓燕对自己的想法置之不理，那么结果会怎样呢？也许，文川还在街上寻找前行的路，梁晓燕也还在西湖边捧着工艺画叫卖。因此，我们每个人都应该善于把握细节，留意自己细小的想法，哪怕这种想法非常幼稚可笑，也不能将其轻易地错过。

给装糖的包装盒打孔，是不是开玩笑？糖只有在真空状态下才会保存的时间更长。不要疑惑，这是一个真实的故事：20 世纪 40 年代，美国许多制糖公司把方糖运往南美洲时，都会因为方糖受潮而造成巨大损失。一位工人受轮船通风洞的启发，给方糖包装盒的角落戳了个通气孔，使得方糖在海运时不再受潮，这个工人就凭着这项专利成为百万富翁。

收集虫子粪便，在一般人看来是顽童心血来潮时的痴人说梦，任何一个正常的人都会对此嗤之以鼻。但美国青年汤姆·绍基却认为很酷，并为自己的奇思妙想而惊喜不已。他毅然从普林斯顿大学退学，投资 257 美元开办了一个名为"土地循环"的小企业，并一举获得成功，仅 2005 年一年的销售额就达到 50 万美元。

美国海运工人和汤姆·绍基的想法看来似乎是不合常情的，但是正是他们另辟蹊径，勇于实践，才成功地推开了另一扇窗。亲爱的朋友们，请关注自己的思想火花，行动起来。让我们一起悉心呵护它，用心培育它，让它真正开成一朵艳丽的花朵吧。

（《宿迁日报》2016 年 1 月 7 日）

中药苦，中药甜

上午，医生说我有风湿，要开几服中药调理调理。一听中药，我就有些胆怯——儿时被中药煎熬的苦重新浮现在眼前。

儿时，因为身体孱弱，一年到头几乎都被中药泡着。而我天生不能吃苦，一听到吃中药，就跑到门外躲起来。但是，母亲总能在第一时间找到我，把我抱进屋。我踢打着，叫喊着，甚至用手胡乱地抓挠。但是，瘦弱的母亲不知哪里来的那股劲，她一逮住我，两只手就像铁丝一样箍住我，让我动弹不得。

闹累了，劲泄了，没有了逃脱的可能，就听任摆布了吗？我偏不——咬着牙，瞪着眼，望着母亲。母亲骗我说，药不苦。我能信吗？黄连都嚼过，还会不苦？母亲哄我说，吃了药，给我糖吃。我信，但是那苦味锁喉咙的感觉，糖能缓解几分？骗过了，哄完了，药都快凉了。

“你到底喝不喝？”

“不——喝。”我嘴刚打开一条缝，母亲手里的碗就送到了嘴边。我手一挥，“啪啦”，碗应声而落。

这回母亲不干了，拎起烧火棍，对着我的屁股就砸下来，“一碗药几块钱。打碎了你不心痛？我这是为谁好啊？你个败家子。”

我知道那时父亲一个月也就不到四十块钱，还要养活一家人。

看到碗碎了，我知道闯了祸。按照道理，这时候该跑吧，但是我的倔脾气上来了，打死我，我也不走。

母亲打了几下，却又抱着我哭了起来。

哭过了，母亲就再去煎中药。而这时候，不需要母亲叫，我也会乖乖地喝下。

每每看到我喝下了中药，母亲总会像变戏法似的端出糖罐，让我吃点儿红糖过口。

那时糖也是稀罕的，她自己都舍不得吃。几斤糖票母亲始终攥在手里，不到万不得已是不会去买的。

中药的疗效短期内是看不到的，一天天，一碗碗地喝下去，没有多少感觉，但是身体却在不知不觉中明显地好转起来。不梦遗了，不盗汗了，脸色也渐渐红润起来。母亲高兴起来，总是说这是菩萨显灵。其实哪来的菩萨，还不是中药的效果。要说有菩萨，也是母亲这个活菩萨。

中药的苦吃得多了，经历的事情也渐渐多了，有时反而觉得中药的苦并不能算真正的苦，那些人生中逃不脱的厄运才是真的苦。爷爷饿死在乞讨的路上，叔叔突然服农药自杀，奶奶肝腹水去世……一幕幕生离死别，又岂是一个“苦”字就能概括了的？

尝遍了百味中药之苦，苦也就不成其苦了。跨越了中药的苦，忽然发现中药里其实也有甜的。驱蛔虫时，宝塔糖是不是甜的？感冒时，板蓝根是不是甜的？就连那黄连，嚼时间长了，喝口水，连水也甜起来了。

既然生了病，你就要泰然处之，熬又有什么关系呢？中药治病的理念与老庄的无为而治有些相类，颇有梁山伯和祝英台十八里相送的遗风——慢慢煎，细细熬，缠缠绵绵的，乐在病中。

中药的甜还不止于此。喝完中药了，母亲的笑是不是甜的？吃到红糖了，那糖是不是甜的？病根治愈了，身体棒起来了，你的心是不是甜的？没有了烦恼，一家人放了心，那轻松的表情是不是甜的？

细细地咀嚼，恍然发现这吃中药也是有辩证法的：大凡从舌尖上得来的苦，总能在其他的地方映照出它的甜。

（《家庭中医药》2016 年 12 月）

只要不放弃，你也可以

1898 年，德国医学家胡思 · 梅林和俄国医学家奥斯加 · 明科夫斯基，为了研究人体胰腺的消化功能，将一只狗的胰腺切掉。他们发现，狗因此患上了糖尿病。他们将发现写成论文，发表在一本医学杂志上，但是他们没有再进一步思考为什么会这样。

二十多年过去了，加拿大安大略省一个偏僻小镇上的一名医生班亭，在看到梅林和明科夫斯基的论文后，忽然对它产生了兴趣。他开始思考：狗切除了胰腺就会患糖尿病，那就说明胰腺里有一种物质能够控制血糖的含量，那么，这会是一种什么物质呢？班亭决心把它提取出来用来治疗糖尿病。怎样提取呢？怎样来保证提取物的纯度呢？提取之后又该怎样来验证呢？

班亭为自己的设想兴奋不已，好像明天他就能捧着神秘的物质向世界宣布似的。他做了周密的计划，并开始动手做实验，但是偏僻的乡村能有怎样的实验条件呢？他耗费了一年的时间，但是每次都是以失败而告终。

这时，他想到了自己的母校——多伦多大学。那里的实验室设备先进，试剂齐全，做这样精密的实验就必须去那里。暑假期间，实验室是空着的。于是他赶到多伦多，找到了他的老师麦克里奥德教授。

“世界上那么多的科学家都没能够攻克不治之症糖尿病，而一个乡村医生却妄想着扳倒这个世界医学界的难题。知识积累没有，实践经验没有，你有热情又能怎样？简直是异想天开。”麦克里奥德教授无情地拒绝了班亭的要求。老师的一盆冷水浇下来，他只得狼狈地离开。

回到家，班亭依然不断地做着实验，但是实验的结果依然无法保证。第二年的假期，他又满怀热情地赶到多伦多大学。看着班亭这样执着，也为了彻底让他清醒，麦克里奥德教授把实验室借给了他。

因为有了长时间对同行失败案例的分析，班亭更新了实验方案。为了停止胰腺外分泌部分泌酶类的工作，他把胰腺里的胰管结扎掉，然后再提取胰岛的分泌物。但是，近一个月的时间过去了，实验没有取得任何进展。

这会是什么原因呢？按照正常的情况不应该出现这样的情况啊，自己已经规避了其他因素的影响，难道还有什么地方考虑得不够细致吗？班亭重新审查了实验设计方案和操作方法，这次他发现了失败的原因：胰腺里的胰管结扎得不够紧，造成胰腺外分泌部仍在分泌酶，从而影响了提取工作。

7 月 27 日，班亭又做了一次实验。当把提取液注射到患有糖尿病的狗身上时，他惊喜地发现狗的血液中糖的含量迅速降低了。他又用牛做实验，结果一样。这意味着实验取得了成功。

麦克里奥德教授度假回来，听到这个消息后，一开始根本不相信。但是，当看到班亭演示的实验，他彻底信服了。于是，他和班亭一同进行了实验，终于发现了医学史上和生物学史上很重要的胰岛素。

如果当初给狗切除胰腺的科学家，能够认真思考这个问题，也许胰岛素就会早发现几十年，但是科学上从来没有如果。让我们记住这位历史上最年轻的诺贝尔奖获得者的话吧：这个世界上，没有什么事是不可能的。只要你不放弃思考，你也可以做到。

（《潮州日报》2016 年 1 月 10 日）

美好在路上

每束阳光都有照耀的理由，每种生物都有自适的风流。小草从不做大树的期许，在路上，会有属于它自己的春秋。

——题记

行走在这个世界，我们总在奔跑，在寻找。寻找什么，我们似乎知道，却总也没有满足的那一刻，似乎只有下一个才是我们人生追求的目标。于是，我们的视线里，有的是那高远的星星，有的是那山巅的苍鹰，有的是那彼岸的列车……

病中，躺在床上。人忽然之间慢了下来，再也没有了那寻寻觅觅、栖栖惶惶的疲累。生活在这一刻显出了本来的颜色——生活的美好本来就在路上，我们又何必去苦苦寻找？望着忙忙碌碌的妻子，一脸关切的母亲，有些淘气却也伶俐的女儿，我还有什么不满足的呢？人生最大的幸福不就是拥有一个温馨和美的家庭吗？母亲常说“美好在路上”，这小恙虽然有些不合时宜，但是它不也让我拥抱了生活中最纯真最本质的东西吗？

“美好的生活在路上”这句话是母亲常念叨的。

小时候，爱倚在母亲的怀里看《上海滩》，精彩的故事让我每天都要把电视看完才肯罢休。可是，二十世纪七八十年代的农村停电是常有的事情。有时，你正看得投入，啪，电没了。我叹着气，诅咒着，在昏黄的灯光下焦急地询问着母亲：“妈妈，什么时候才能来电啊？”母亲总会用她宽大的手摸着我的头说：“别急，快了，电在路上呢！”母亲这么一说，我顿时生出希望来。几分钟过后，电还没有到。“怎么还没有来呢？”“快了，拐个弯就到了。”果然，不经意间，屋里亮堂起来，我又欢呼着跑到电视机前。

中考失利，我变得抑郁、消沉，常常无来由地发火。母亲不知从哪里知道我喜欢写作，把周老师请到了家里来鼓励我写作。写作，周老师说我有天赋，我也就勤奋而勇敢地拿起了笔。也许现实总是冰冷的吧，一个多月的写作，竟然没有换来一个铅字的消息，我都怀疑自己是否有这方面的才能了。而母亲每次看到我焦虑，总是说：“别急，快了，稿费就在路上。”于是，我又拾起热情，拿起笔继续写作。也许真的是被母亲言中，第二天，我就收到了一笔六块钱的稿费。虽然不多，但却让我鼓起了奋飞的勇气和力量。

那年，二中招考教师。我做了充分的准备，考完之后，自我感觉良好。人还在车上，母亲就打来了电话，说："没考好不要有什么包袱，以后还有机会。"我知道母亲是在担心我，就利落地给了她一句："别急，快了，通知书就在路上呢？"母亲一听，乐了："你这孩子，考得好也不要骄傲啊。"母亲虽然这样说，可是她的心里一定也为我放了心。后来，和母亲说起这件事，她还说我太张狂。

"如果你走得太快，灵魂跟不上了，你就要停下来等一等自己的灵魂。"这句话不知道是谁说的，但是它带给我的是一种别有情味的意蕴。忙碌的生活，奔跑的脚步，满面的烟尘，浑浊的视线，迷失了曾经的自己，我们还从哪里寻找心灵的依靠呢？

慢慢走，在路上。生命的过往，有快乐，有忧伤，有甜美，有苦涩，不管哪种滋味，我们都应该去细细地咀嚼，慢慢地享受。美好的日子在路上，生活的希望在心中！放慢脚步，用微笑诠释生活，以豁达体味人性，我们才能感受到生命中的一股力量，旅途中的一缕阳光。

（《科教文汇》2014 年第 4 期）

平淡如水水如天

平淡，人们一提起它，第一个跳入脑海的就是水——寡淡而无味。为什么第一个闪现的非得是水呢？道理其实非常简单，因为它是常见不怪的，对着它我们的心里产生不了一点儿涟漪，就是放在手边也觉得见怪不怪。你说这还不平淡吗？确实，平淡也就给人这样的一种感受——平常而简单，不能让人兴奋和冲动。日日见面，天天接触，于是平淡就在不知不觉中悄然出现在我们的面前，也恰如这日日相会的蓝天。无论我们有没有感觉它在，它还总是出现在那里，并没有因为我们注意或没有注意而消失。

这就是平淡，这其实也就是生活。

年轻时，我们曾年少轻狂，做着志存高远的美梦，豪情满怀地想要做出一番惊天动地的伟业，成为力挽狂澜的豪杰。

我也曾为此不屑于平淡，不甘于平庸，在绚烂的梦境中狂飙，不管不顾。可是，当我还没来得及品味青春的滋味，岁月就将我远远地抛在了后面。每天上班，那帮小年轻就直呼我“叔”了，互相之间的称谓也无形中多了个“老”字。感觉还很年轻，我真的有那么老吗？看着镜子中的自己，头发黄而稀疏，皱纹细密，爬满了眼角，胡子也在执着地炫耀着它的苍白。回望来路，虽然我也想抓住青春年华，可它打下了一行烙印就匆匆地逝去，嫩绿的生命开始奔向深黄的秋了。

追怀过往的烟尘，总是感慨万千。岁月的河流一去不回头，没有泛起什么炫目的浪花。人生平凡得就像在乡村小路上跋涉，走了很远，除了一行稀疏的脚印的真实存在，没有任何惊天动地的跨越。年轻时理想的风筝还在空中飘舞，热烈的誓言还在耳畔萦绕，心有不甘，想追上，却发现时光已苍白，脚步已踉跄。再过十年会怎样？依然是如水如天般平淡。

平平淡淡才是真。记得有一位主持人说过，人的生活大体可分为三块：5% 的快乐，5% 的痛苦，还有 90% 的平淡。普通人的一生会受到 5% 的诱惑和 5% 不得已的痛苦，最后过上 90% 的平淡生活。平淡本来就是人生的滋味，那么我们何不控制自己的欲望，归于宁静，安于平淡呢？安静地生活，默默地工作，吃着粗茶淡饭，日出而作，日落而息，宁静安详地过完一生，不也是一种平淡的美吗？陶渊明当年毅然归隐田园，过着寂寞而贫寒的生活，却能精神愉悦地吟咏“采菊东篱下，悠然见南山”。我想，安于平淡大概就是他参透人生的一种境界。

托尔斯泰说过，欲望越小，人生就越幸福。过着平淡如水的生活，我们就可以降低自身的欲望，抛开不切实际的幻想，贴紧坚实的人生河床，踏实稳健地向前奔涌。没有跃起的欲望，也就没有了不能跃起的无奈；没有了飞越的冲动，也就没有了无法飞越的痛苦……可以说，安于平淡是一剂医治精神缺憾的良方。安于平淡，就能踏实做好工作；安于平淡，就能珍惜眼前幸福；安于平淡，就能心静如水，知足常乐；安于平淡，就能脚踏实地，明理识时……人生是个三角形。辉煌是三角形的顶尖，平淡是三角形的底边。辉煌总是一瞬，平淡才是永恒。我们只有将底边建设得厚实了，才能积累出它的顶尖，才能拥有夺目的辉煌。

宁静致远，淡泊明志。只有安于平淡，方能从从容容潇潇洒洒过一生。安于平淡并不表示安于平庸，没有追求，而是在面对人生的选择时我们要保持理智，洞悉自己和社会，以一颗平常人的平常心态去体会平淡如水的生活。这样，我们的生命才能如水般柔韧绵长，我们的胸怀才能如天空般辽阔广袤。也只有这样，我们才能在平常的岗位上成就不平凡，才能将平淡的生活舞出绚烂的烟花，才能实现自己的人生价值。我想，面对喧嚣的红尘，怎样过好平淡的日子，怎样度过平淡而充实的人生，这才是最真切的事情。

（《禅露》2011 年第 6 期）

给自己一片悬崖

她出生在苏格兰北部的一个小农场。8 岁开始学习弹钢琴，并且表现出了极高的天赋。周围的人对她大加赞赏，她也对音乐充满了热爱，立下了以打击乐独奏家为终生理想的信念，尽管当时并没有这样一类的音乐家。但不幸的是，她的听力却在不断地下降，医生宣布，她的耳朵在 12 岁时会彻底聋掉。

这致命的神经性损伤，让她痛苦万分。她的家人和老师也希望她改变自己的初衷，把她送进了聋哑学校。没有了听力，就意味着音乐生命的彻底结束。面对这众口一词的反对声，她却毫不退让，坚持要学，她嚷道 :“我既然已经决定了，就一定要实现自己的音乐梦想。我决不会被任何人的意见所左右。”父母选择了支持她。

但是，一个聋子，怎么来感知外界的声音呢？最初的学习是艰苦的，也是枯燥的。她请老师打出不同的音符，让她用手掌扶住墙壁，以体会不同音调的鼓声在掌心不同的震感。眼睛和手本来就有着一段距离，而现在还不能借助听觉来感知，只借助于手，这对她的信心是一个很大的挑战。上天也怕横着走的人，经过一年多的努力，她竟然能够“听懂”老师打击的曲子，并能够准确地表现出来。当她第一次完美地演绎出一支曲子的时候，她哭了，因为她已经走出了那个黑暗的世界，她也能够用自己的音乐来表达自己的喜怒哀乐了。

有了第一次的成功，她心中的理想又被点燃了，她决心成为一名真正的音乐家，而不是一名聋的音乐家。她开始尝试着动用各种手段来“聆听”音乐。除了用手触摸，她还通过双腿的膝盖夹住录像带来感知音乐震动；演奏的时候，她干脆只穿着长袜，通过身体和想象来捕捉每一个音符……她几乎动用了所有的器官来感受来自于外部世界的音乐。

在不断地挑战自我、锤炼音乐的同时，她向著名的伦敦皇家音乐学院提出了申请。一个耳聋的人申请成为音乐学院的学生，这不是滑天下之大稽吗？她的申请一经提出，就遇到了很大的阻力，许多老师反对接收她入学——因为从来没有一个聋子进入过音乐学校学习。

她也知道自己的申请可能会被拒绝，但她更知道自己学音乐就是在悬崖上跳舞，是没有退路选择的。在等待的日子里，她依然静心地完善着自己的演奏，丰富自己的表现力。她的父亲安慰她：“不通过申请，也没有关系。你的才能我们都看在了眼里。”但是她却表现得更为坚决：“我就不相信好的音乐不会被承认。如果不被承认，我就要一直坚持下去，直到被承认为止。”

两个多月后，她终于等来了表现自己的机会。机会总是留给有准备的人，她的演奏征服了所有的老师。她顺利地入了学，并且在毕业的时候荣获了学院的最高荣誉奖。

“音乐对我而言就是生命，不会因无法由某种方式传达而就此消逝。我将永远是一个乐者。”毕业之后，她不断地挑战自我，成了苏格兰聋哑音乐学者，英帝国女爵士，世界上第一名女性打击乐独奏家。

她是谁？她就是《美好的震动》的作者 Evelyn Glennie，一位始终站在悬崖上跳舞的伟大女性。

（《百姓生活》2014 年 4 月）

水的精神

杯中水，掂在手中，轻飘飘的，没有多少分量。倒在地上，日光一晒，清风一吹，就没了踪迹。它会有什么力量？当刘光世劝我学做碗中的水的时候，我不禁哑然失笑。一眼见底，波澜不惊，死水一潭。人生若如此，岂不是人生悲剧？

那天，正好赶上消防队来小区进行模拟演习。消防官兵有条不紊地铺设救生垫，引导人们疏散，实施高空救人……当高压水枪打开时，水直扑向三十多米高的楼顶，幻化成一道绚烂的彩虹。我惊呆了，看似柔弱无力的水，竟也可以剽悍如长啸的骏马，果决如出膛的子弹。

“这就是水。平时，你看不见它的张扬，有的只是沉默。但是高压之下，它却能瞬间破空而出，劈开一条辉煌之路。”

刘光郑重地告诉我，“你知道吗？重压之下，水能喷向 50 米的高空还能将卡车举在‘手’上。如果水压足够，它可以切玉石如豆腐，10 厘米厚的钢板也能一穿而过。非常压力之下，它有怎样的痛苦，有怎样的挣扎，我们不知道。而一旦给它一个出口，它那如虹的气势却又让人叹为观止。不要再消沉了，照照碗中的水吧，水里也有你我的影子。”

晚上躺在床上，辗转反侧，横亘眼前的总是那闪烁如出膛子弹般的水柱。在梦幻般的水柱中，我似乎看到命运多舛的画家伦勃朗和诗人海涅在向我走来。伦勃朗 35 岁时，两个孩子先后夭折，爱妻撒手离他而去。由于《夜巡》的创作得罪了贵族，他失去了经济来源。后来，因视力减退连细节也不能把握，第二位妻子和独子又去世了。命运的捉弄到了无以复加的地步。可是，他并没有退缩萎靡，而是更紧地握住手中的画笔，创作出了诸如《布匹呢绒商同业公会理事》等更辉煌的作品。海涅人生的最后 8 年被禁锢在“褥垫墓穴”中，他双腿瘫痪，全身萎缩，手指瘦骨嶙峋，每天只能通过服用吗啡才能睡上三四个小时。但是在病魔的反复拷打下，他没有屈服，即便在临死之前，他依然执着地写道：“一个岗哨空了——伤口裂开 / 一个人倒下了，别人跟上来——/ 我的心摧毁了，武器没有摧毁 / 我倒下了，并没有失败。”正是由于他扼住了命运的咽喉，打开了生命的出口，他才写就了杰作《罗曼采罗》。

就像地上的一棵草，天上的一片云，桌上的一杯水，看去无足轻重；一个人，活着也平平常常。正因平常才不引人瞩目，才没有多少关注。人是生而自由的，但却无时不在枷锁之中。当你坠向失败的深渊，陷入人生的困顿，生命被戏弄，被挤压，被摧残，甚而让你欲死不得，求生不能——这对谁都是一个炼狱——我们能做的不是自怨自艾，俯首称臣，而应该像水一样，在积蓄中等待，在等待中爆发。其实，生命这颗种子，愈及早受压，愈苍翠蓊郁；生命这杯浓酒，愈长期酝酿，愈绵甜可口；生命这块铁砧，愈反复敲打，愈火花四射……一杯水都能演绎一段传奇，而我呢？站起身，屋外皓月当空，灯火辉煌，耳边隐约传来俞敏洪的声音："不管你现在的生命是怎么样的，一定要有水的精神。像水一样不断地积蓄自己的力量，不断地冲破障碍。当你发现时机不到的时候，把自己的厚度给积累起来，当有一天时机来临的时候，你就能够奔腾入海，成就自己的生命。"

（《快读·商周刊》2015 年第 11 期）

第二辑

磨砺生命——坐得住才站得起

培根说：只有愚者才等待机会，而智者则善于造就机会。人生如白驹过隙，稍纵即逝，我们只有能沉下心，静下气，坐下来，目标专一，心无旁骛，抓住每一个可能，才能使自己这柄剑磨出锋刃，才能劈开如麻的荆棘，迎来朗朗晴空。

坐得住才站得起

今天读到一则轶事：一家媒体前去采访苏联著名科学家尤比契夫。当摄影师给他照相时，他开玩笑地说，要照相不应该照脸，而应该照屁股。初读，觉得他也太随意了一点儿。别人宣传你，你应该严肃面对才是，还开这样的玩笑。可是，细一咀嚼，还真别有意味。一个人如果想要在某个方面有所建树，就必须耐得住寂寞，挡得住孤独，坐得住冷板凳。只有这样，你才能站得起，站得住。

板凳要坐十年冷。“静而后能安，安而后能虑，虑而后能得。”一个人只有坐住了，静下来了，沉进去了，他才能比别人看得深，看得远，看得透。霍金为什么能够成为科学的巨人，是他天资聪慧吗？恐怕不尽然。“如果不是因为生病，我不会有今天的成就。”霍金自己说的话就向我们揭示了他之所以能够“站起来”的原因——专注而安静地坐着。

坐得住是一种态度。纵观历史，取得杰出成就的人有哪一个不是“坐得住”的呢？司马迁写《史记》用了18年，李时珍著《本草纲目》历时17年；紧凑型杂交玉米之父李登海用30年的艰苦探索才创造出了中国玉米高产的奇迹；谢赫特曼1982年发现准晶体后被斥为“伪科学”，“坐”了20年后才被承认……因此，要想在事业上有所成就，就要老老实实，就要坐得住冷板凳，它来不得半点儿投机取巧。

反观今天，许多人急功近利，心浮气躁，三心二意，缺少一种坐下来的耐心和决心。他们对自己所从事的事业不做细致研究，不做深入探讨，遇到问题如蜻蜓点水，浅尝辄止，即便是一知半解，不知其然，也把自己装扮成“学者”“专家”的模样。一旦被质疑，不是论文造假，就是成果造假，以致连他们自己都不知道自己还有什么不是假的。如此的心态，如此的行径，他们还能站得起来吗？

坐得住不仅是一种心态，还是一种境界。坐得住的人是不会问世间风月的，是不会在意是非得失的。不说马克思写《资本论》，不论曹雪芹作《红楼梦》，单说2002年诺贝尔文学奖得主伊姆雷·凯尔泰斯。他从事写作50多年，获奖之前在《大百科全书》《世界文化辞典》中根本查不到他的名字。为什么？因为他始终默默无闻地辛勤写作，拒绝采访，不出席各种会议。半个世纪始终如一的坚持，这该是怎样的一种境界？“咬定青山不放松，任尔东西南北风。”这才是坐得住，这才是站得起！

人生贵在坐得住，人生也难在坐得住。坐得住说白了就是一种坚守。“说故事的人”莫言是苦出来的，证券业界风云人物苏珊是磨出来的。坐不住的人，左顾右盼，朝三暮四，任凭岁月虚度，结果一事无成；坐得住的人，心静如水，心无旁骛，扼住过隙白驹，终将硕果满枝。坐得住贵在坚守，因为只有坐得住，才能磨炼意志，才能凝聚力量，才能造就辉煌。

朋友，你坐得住吗？坐不住，那就不要羡慕别人站起来了吧。

（《思维与智慧》2013 年第 16 期）

耳聋的青蛙与诺贝尔奖

于丹曾讲过这样一个故事，一群青蛙想比一比谁能够爬上铁塔的顶端。开始时，它们奋勇争先。可是等到爬到了一半的时候，青蛙们打起了退堂鼓。望着遥不可及的塔顶，它们停下了脚步。只有一只青蛙没有停下来，一直在努力。那些停下来的青蛙，看着这样一个瘦小的同类，有感叹，有嘲讽，有劝说，可是它始终不为所动，一直向上。虽然每一步都是那么缓慢，但是它最终却赢得了比赛。颁奖仪式上，当有人问它为什么能够爬上塔顶的时候，才发现它是一个聋子。

耳聋的青蛙之所以能够爬上塔顶，就在于它听不到伙伴们的议论，心中只专注于目标，不言放弃，才最终登上了塔顶，一览众山小。青蛙如此，人也一样。很多时候，我们在乎世俗的眼光，计较自己的得失，顾虑面子的荣辱，而放慢了脚步，削弱了意志，甚至放弃努力。其实，我们要想获得成功，很多时候就需要将自己当成聋子，忽略别人的“善意忠告”，忘记他人的刁难非议，排除干扰和噪声，认准既定目标，保持向上的姿态，从容坚定地走下去。

读着这篇寓言，我的眼前闪现出一个人，他是一个离经叛道者，曾经被科学界打入另类。我们都知道，晶体只有两类，晶体和非晶体。金属属于晶体，玻璃属于非晶体。这是颠扑不破的常识，而他竟然疯狂地宣称自己发现了准晶体，玻璃就属于准晶体。他花费了几个月的时间想说服同事接受自己的发现，但是一切都是徒劳。人们取笑他，挖苦他，他的言论被斥为“胡言乱语”，他被斥为“伪科学家”，甚至被勒令离开霍普金斯大学的研究小组。他只得离开美国，回到以色列继续研究，并顶着压力公开发表了“准晶体”的相关研究成果。这更是掀起了轩然大波，许多化学界的权威站出来公开质疑他的发现，甚至包括著名的化学家、两届诺奖得主鲍林。他孤独，他彷徨，他痛苦，他抗争，却并没有换来人们的青睐。“我并不在意，我知道我是对的，他们是错的，时间终会证明这一点。”他没有放弃自己的发现，而是坚守自己的主见，执着地从事着自己的研究。在寂寞中等待了 28 年之后，他最终赢得了世界的承认。他是谁？他就是 2011 年度化学奖得主谢赫特曼。

于丹在讲《耳聋的青蛙》这个故事的时候，还说了一句言简意赅的话：“世上有些奇迹其实就是在坚持中完成的，有些奇迹永远不是那些最机灵和最聪明的人能够做到的。”是啊，我们羡慕他人成功时所拥有的鲜花和掌声，梦想着自己什么时候成功，期盼着什么时候也能有他们这样成功，但是从来不愿意考虑他人是如何走来的。我们只是一直在想，却没有真正地付诸行动，就像聒噪的青蛙一样，是思想的巨人，却是行动的懦夫。

英国科学家安德烈・海姆在 2002 年招了一名中国博士生。当时，他想确定只有一个单原子层的石墨烯的存在。于是，他交给这个博士生一块石墨，要他利用精密的仪器把石墨打磨得越薄越好。三个星期后，这个博士生兴冲冲地跑来说打磨成功了。这虽然是只有 10 微米的薄片，却也有 1000 层碳原子啊。海姆要求博士生把石墨打磨得更薄些，而博士生的回答却是“你这么聪明，那你自己干啊”，就撂了挑子。在博士生看来这就是导师在无事生非，有意刁难。面对着质疑，海姆没有回应，而是用行动做出了最有力的回答。他采用了更原始的办法，那就是用透明胶带粘——用透明胶带粘在石墨的顶层，粘好再撕下来；对折胶带，再粘一次……如此反复，他在枯燥的对折中坚持着，耗费两年时间，终于得到了单层石墨，即石墨烯。

他和他的合作者康斯坦丁・诺沃肖洛夫就是凭借着这个成果而在 6 年后获得了诺贝尔物理学奖。而在得知自己获奖之后，他的一句话和于丹的话有着异曲同工之妙：“（我的实验）向人们展示了，你事实上不需要在哈佛或是剑桥，不需要在集纳了最聪明的人和最先进的设备的地方。你在设备上处于二三流的大学里……也能做出令人惊讶的东西。”

成功是什么？它没有秘诀，成功就是专心做好你应该做的事。就像耳聋的青蛙那样，虽没有过人的体力、超人的智慧，但是确定目标之后，不瞻前顾后，不左顾右盼，不受外界干扰，心无旁骛，朝着既定的目标奋力攀登。要相信“路上春色正好，天上太阳正晴”。当你收获了一个个小的进步之后，塔顶还会遥远吗？

（《做人与处世》2013 年第 10 期）

忙碌是最美好的药

时间在不经意间逝去了，回头却发现双手空空。不甘于时间只留下苍白的记忆，我们低头赶路或者仰面奔跑，期望在烟尘滚滚处留下或深或浅的痕迹。这时，我们专注于前方，往往会错过许多沿途的风景。于是，有人停下脚步，听流水潺潺，看鱼跃鹰翔，品美味佳肴。他们认为，这样的人生才是闲适而多姿的。真的是这样吗？没有付出，只有获得，懒散中裹着庸碌，这样的人生有多少存在的价值呢？世间有谁会不付出就能享受到幸福的生活呢？其实，我们的生活本来就是忙碌的。我们在忙碌中感悟人生真谛，在忙碌中享受生活，这才是真正有质量的幸福生活。

我们每天都在重复着看似枯燥的生活，可是我们并不感到厌倦，反而还能从其中延伸出趣味来，这是为什么呢？因为忙碌本身就是一种享受。美国儿科医生雷莉丝退休后，在91岁高龄时还开了诊所，每天仍然忙碌着。经她治愈的儿童不计其数。更为惊奇的是，她年逾百岁，仍然在岗位上忙碌着。日本柴田丰老太90岁开始写诗，她的《请不要气馁》创造了150万册的畅销纪录。按说她们都是颐养天年的年龄了，还有必要这样忙碌吗？雷莉丝给出了响亮的回答："只要有工作，我就感到其乐无穷。"

忙碌不仅能够延伸出兴趣，还能丰富我们的生活。生活本身是一张白纸，如果我们盲目地等待着它发黄变脆，那么它终究是一张没有作用的废纸；如果我们脚勤些，手快些，那么就能够给这张白纸留下层峦叠嶂的风景。你忙写作，你就能情感丰富；你忙数学，你就能心思缜密；你忙读书，你就能视野开阔；你忙助人，你就能收获真情……试问，世间有什么忙碌不能够让我们的生活丰富，不能够使我们的精神充实呢？

"人生是短暂的，对这短暂的人生，我们最好的报答就是工作。"爱迪生用自己的人生经验概括了忙碌的价值：忙碌让人生价值倍增，忙碌让生命长度延长。巴菲特如果他不忙碌，会有今天世界首富的地位吗？俞敏洪如果他不忙碌，会有今天新东方的成就吗？莫言如果他不忙碌，会有今天傲人的成绩吗？……面对着人生的忙碌，没有谁愿意停下自己的脚步，因为我们只有忙碌了，才无愧于自己这短暂的一生，这一生才有它沉甸甸的分量。

美国成人教育家卡耐基说过："要忙碌，要保持忙碌，它是世界上最便宜的药，也是最美好的药。”这话的确是至理名言。看吧，这味药，它能让我们享受到与时间赛跑的快乐，它能让我们生活的空白得到充实，它能让我们在忘我的奔跑中得到满足，它也能让我们在秋天的收获里迎来丰收……

人生是个忙碌的舞台，忙碌的世界丰富多彩。既然如此，我们何不带着一颗感恩的心去享受忙碌，享受生活呢？忙碌着也是一种幸福，它能让我们在忙碌之后收获到不一样的人生。那么，我们还等什么？

（《思维与智慧》2014 年 12 月 /《人民日报》2015 年 7 月 28 日转载，题目改为《忙碌使人生刻度延伸》）

我要开花给你看

他是个人见人头痛的角儿。无故旷课，惹是生非，打架斗殴，甚至老师他也敢挑战。有一次，上课睡觉被老师批评，他还把女老师打哭了。被学校勒令退学，他却高兴地大叫："痛快，我才不稀罕读什么书呢。"但是，他那个离了婚的父亲似乎是觉得对儿子有愧，还是求爹爹拜奶奶把儿子又送进了学校，并向学校保证一定回来自己带孩子。他也不觉得有什么，因为这样的事太多了。

父亲常年在外打工，他被全托给了家教。家教的老师哪里敢惹他这个大魔头呢？对他从来是睁一只眼闭一只眼，他倒好，乐得个逍遥自在。但是，现在情况却发生了微妙的变化——他的父亲带回来一个后妈。

他一看到那个女人，就把嘴撇到了耳后根。他的父亲让他喊“妈”。他身子一扭，大摇大摆地从那个女人面前走了过去，看也不看。“小辉，有没有礼貌？看到人都不喊。”父亲在喊他。“不喊就算了，也许不习惯。”那个女人倒也知趣，赶紧圆场。他得意地躺在床上想事情。

父亲回来后，他的生活也开始有了变化。每天，那个女人总会变着花样来做不同的菜肴。什么徽菜、粤菜、川菜，每一样菜都做得地道，很能抓住人的胃口。有时间，她还会问他喜欢吃什么菜，只要他喜欢她就去做。夜深了，她会陪着他，给他做夜宵。他很少和她说话，只是静静地享受着美食。他始终觉得她是在讨好自己，自己就是不能让她得逞。虽然在家里吃饭的时候多了，但是对这个女人他还是有着天然的排斥感。

而那个女人逢人就夸他懂事聪明，学习刻苦。“懂事怎么看不到他喊你一声妈呢？”有人呛她。她也不在意，说：“哪个孩子没有个性。他有妈妈，我为什么非要他喊我呢？”

也许是她觉得摸清了他的底细，竟然还跑到学校去问他的情况。他知道之后，晚上跑回家质问她，为什么要到老师那里打听他的情况。“你是我什么人？我的父亲都不管我，你有什么资格来管我？”说着说着，激动起来，他抓起桌上的瓷瓶，狠狠地砸到地上。伴随着瓷器碎裂的声音，传来的是那个女人的尖叫声。他一抬眼，才发现瓷瓶砸到了她的脚上。她脚上的袜子破了，殷红一片。他当场愣住了——他只是知道这个瓷瓶是她的心肝宝贝，但他没有料到自己的失手，竟伤了她。他的心里掠过一丝后悔。

门口的父亲听到了响声，冲进来，对着儿子就是一个耳光。父亲还想打他，却被后妈拉住了。“还不走？你还想你父亲把你打死啊。”她哭着对他嚷。他却像一根木桩一样动也不动。最后，还是她把他推进了屋里。

玩了一晚上手机，有些饿了，他跑出来找水喝。忽然，发现父亲的房间里的灯还亮着，他就凑了上去。看不到屋里的情况，只听到他们的声音。

“不成器啊。花瓶毁了，还把你伤成这样。你用心对他，他也不用心对你，以后你就不要管了。”父亲叹着气说。

“怎么能这样说呢？孩子现在不是每天都能按时回家了吗？老师说他进步不小。保护小同学，珍惜集体荣誉，还积极参加运动会呢。就是学习还不怎么用功，偶尔还有作业不能完成，但是比以前好多了呢？”后妈欢快地说道，“我知道你是恨铁不成钢，但是我们不也有错吗？把他一个人丢在家里，一个说话的人都没有，他不感到孤单寂寞吗？现在孩子淘气，犯点儿小错误，我们怎么能这样说他呢？”

“就是你惯着他。你看看，他现在什么样子，到现在连阿姨都没有喊过你一声。你还这样维护他。”

“他还是个孩子嘛！我相信，他会明白。”

那夜，他不知道什么时候睡着的。第二天，他起了一个大早，第一个赶到了学校。看到教室里没有人，他把教室打扫了一遍。当同学们看到他坐在教室里，都诧异地望着他。他第一次主动地把家庭作业交给了老师。上课的时候，他第一次举了手。

从此，他像换了一个人似的。每天，忙着学习，忙着补课。有空的时候，还忙着帮父亲看看店，还会主动地帮后妈打打下手。虽然他还是没有喊她，但是看到她，他总是会笑笑。

一年后，他考取了重点高中。去年，他顺利地考取了浙江大学。

他是我的表弟小伟，上大学那天，我们还去祝庆了一番。

一天，和表叔谈起小伟。他说："现在小伟可懂事了，每个周末还打电话给他妈妈呢。""哪个妈妈？""就是小伟的后妈秀朵呀。"

元旦的时候，我收到表弟寄给秀朵要我转交的贺卡。画面的内容很温馨，是一家三口在湖边夕阳下散步的场景。翻到背面，一行字抓住了我的眼睛："妈妈，如果我有什么进步，那都是因为你的教诲、你的鼓励。你的养育之恩我无法报答，但是我总是在心里告诉自己要争气，我一定要开花给你看。现在，儿子大了，你也要多注意身体。爱你的小伟。"

（《人生》2014 年第 5 期）

节制是生命的一场修行

尼日利亚北部的丘陵地带生长着一种长寿草。这种草根茎坚韧，叶子像松柏一样终年不枯。每过一年，它的根茎上就会长出一个茎节。它能活一百多年，长到十五六米高，许多灌木都淹没在它的汪洋里。

一棵草活一百年，这还是草吗？草，一般是一岁一枯荣；而它常绿一百年，为什么呢？一位专家经长期研究发现：所有的长寿草都只有八片叶子，而且始终是八片。长寿草在长高的过程中会不断地长出新叶，但每长出一片新叶，就必定有一片老叶凋谢；有时拔节之后，不发新叶，原有的叶片却变大……总之，它始终保持着八片叶子的规模。以此为突破口，科学家们解开了它长寿的秘密：它有一种自我调节的机制。当它的叶片超过八片时，老叶就自动让位于新叶，使叶片和身高始终处于最佳组合状态。也就是说，长寿草之所以长寿，是因为它在生长的过程中没有像其他的草那样一遇到春天就耗尽心力地疯狂生长，而是固守着生长的根本，节制着自己的欲望，按照自己的节奏生长。

蒙田说，不节制是享乐的瘟疫。不节制的行为在生活中比比皆是：贪污腐化、追求奢华、大肆挥霍……其实，这些东西都不是好运的种子，它们控制我们的欲望，迷惑我们的双眼，带给我们的只有精神的贫乏、理想的堕落。

一个人要想做成一件事，除了拥有积极进取、乐观向上的心态，最重要的就是要节制欲望。《圣经》有言："上帝给了你的天命，你们不要荒废了它；他给你们建立了法度，你们不要超越它；他禁止你们许多事项，你们不要触犯它；他有意对某些事物保持沉默，你们不要花费精力去探求它。"这其中的法度就是节制欲望，有了它，你就不会被欲望的洪水淹没，心灵也会变得宁静。心一旦静了，我们就知道什么是该做的，什么是不该做的。

一天，梁实秋和朋友一起吃饭。熏鱼端来了，他不吃；冰糖肘子上来了，他不吃；什锦炒饭上来了，他还不吃；最后八宝饭来了，他大快朵颐。朋友提醒他，里面有糖有淀粉。他笑道："我知道。我前面不吃，就是为了后面吃啊。我血糖高，得忌口，所以必须节制着、计划着，把那'配额'留给最爱。"

我们做事就应该像梁实秋那样节制欲望，把心思集中在最有价值的事情上。这样，我们才能获得最大的快乐，成就最好的人生。富兰克林为什么把节制放在人生信条的第一位，原因就在于他懂得节制在人格完善中的重要作用。巴菲特的成就举世瞩目，但是你知道吗，他除了关注商业活动，对其他一切如艺术、文学、科学、旅行、建筑等几乎充耳不闻。正是因为他恰如其分地节制自己，才成了一个所向披靡的人。

老子曾说：见欲而止为德。葛拉西安也说：内心的平和、节制是明慎处世的关键。一个人只有懂得敬畏、懂得节制，才能管理自己，修养品德，才能养成独立自主的性格，才能赢得人生的辉煌。因此，我要说：节制是生命的一场修行。

（《中国经济时报》2016 年 10 月 23 日）

到底的重量

一个年轻人跟着著名的钢琴家李斯特学钢琴。学习琴技十数载，他多次赢得有国际影响力的大奖。走在哪里都是鲜花如海、掌声如潮，人们为能得到和他合影的机会而疯狂。此后，他不禁飘飘然起来，出来进去前呼后拥，生活如花似锦。李斯特看到这种情况忧心忡忡，可是又不知道如何去劝说他——弟子成名之后早就对他这个糟老头不屑一顾了。

这天，他们经过一个鱼塘，一个渔人正在放水捕鱼。李斯特若有所思，问他的弟子塘里有没有鱼。他的弟子瞟了瞟鱼塘，断言鱼很多——水至清则无鱼，这水昏黄中泛着红色，正是因为鱼多搅浑了池塘。“不，”李斯特朗声说，“这正是无鱼的标志。正如你所看到的塘水黄而红，这是山洪暴发造成的。看看堤坝上水浸渍过后的痕迹就知道鱼塘在山洪来后溃坝了。”弟子坚持认为俗语不会错，鱼多；而李斯特则以自己的观察断定塘中无鱼。

渔人看着他们互不相让，笑道：“水其实是个表面的东西，看不得，要看到底有没有鱼，等我放完了水就知道了。”他们于是决定坐下来等。两个小时很快过去了，水也放干了，鱼儿也出水了。鱼儿虽不多，半亩的水面也收了三百来斤。

李斯特看着自己的弟子，叹了一口气：“看来我俩都说错了。这鱼塘水光潋滟，微波荡漾，但是要看鱼塘的收成还得等到抽干水才知道。或许就像这鱼塘，放出了水，留下的才是他人看到的人生到底的重量。”弟子看看老师，陷入了沉思。

（《文苑》2011 年第 4 期）

人生从读懂遗憾开始

“真是不应该，还没有滑就摔倒了。要是不滑倒，这次轮滑冠军肯定是我。”女儿参加完学校的轮滑比赛之后，麻雀一样叽叽喳喳地说道，言语之中带着说不出的失落。

“要是让你重滑一次，你是不是就一定能拿冠军？”我看女儿皱着眉头，想刺激一下她。

“以我的技术还用说？”

“那我明天就去你们学校，让你们学校重新比赛。我女儿是当然的冠军，怎么能够被埋没呢？”我故作夸张地说。

“爸爸，你又逗我。我只是对输了比赛感到遗憾，关键时刻怎么能发生意外呢？”

“这就对了，人生怎么可能没有遗憾呢？每个人的人生都是从读懂遗憾开始的。”我郑重其事地对女儿说。

人生是一条崎岖不平的山路，它始终充满着泥泞和坎坷。我们奔波其中，总是乐观地将它想象得完美而温馨。可是，当我们直面现实时，它总是不按我们的理想出牌，常常会出现事与愿违的尴尬。于是，遗憾便在不知不觉中产生。遗憾带给我们失落，影响我们判断，淹没我们的理智，甚或让我们对前路产生绝望。因此，有人说，遗憾是人生中一门必不可少的必修课。

人生也是一个五彩斑斓的万花筒，里面有着太多的诱惑。人生中美好的东西太多，我们不可能全部得到，而一旦选定了前行的路，我们就要执着前行，不断放弃也成了必然的选择。放弃自己喜爱的东西，就是一个痛苦的割舍过程，自然会滋生出遗憾。这是一个无法回避的现实。

错过时光无法追回，错过真情一世遗憾。很多时候我们总是幻想着时光可以重来，那样我们就可以重新选择，就不会重蹈覆辙。为错过而遗憾，遗憾才会刻骨铭心，我们才能深切感受悲壮。所以，当我们拥有时就要懂得珍惜，不要轻易将它抛弃。否则，当你在失去之后再去寻找它时，往往只剩下无尽的遗憾了。《半生缘》中，沈世钧和曼桢是多么真心相爱的两个人，却被命运捉弄而各奔东西。再次重逢，他们留下的只有追悔莫及的遗憾。也许有人会说，只有这样的遗憾，那份情、那份爱才弥足珍贵，才撼动心魄呀。可是，现实生活中，有谁愿意梁山伯、祝英台的千古绝唱唱响在自己的身上？所以，我们在为错过而遗憾落泪时，不要只是被悲壮所折服，而应该从中读到些什么。

懂得了遗憾，我们就会读懂选择。面对遗憾，我们无法选择，但是我们却可以对遗憾的记忆做出自己的选择。岁月的风尘匆匆滚过，它吹走的只有无奈，只有彷徨，只有痛苦，而留给我们的却是真实的生活，真挚的情感，真正的力量。也许某个夜晚，我们追怀往事时，那一个个熟悉的身影，那一个个温暖的画面，那一个个生动的故事又会重现在你的眼前。虽然它们如片片落叶再也不能回到生活里，但是它们不也给了我们重新奋飞的翅膀和击水三千的气魄吗？

懂得了遗憾，我们就会读懂残缺。生命只是沧海一粟，却要承担起如此多的情非得已，聚散离合，生生死死，让我们总是遗憾深深。遗憾就是我们不断经历的路，只是每个人都希望少些遗憾，多些完美。其实，人生没有真正的完美，因为它总是和残缺的遗憾纠缠在一起。当我们穿越岁月的风雨回望来路的时候，才发觉昔日看来是遗憾的残缺也是美好的，而那些原本觉得完美的事物似乎也有瑕疵。正是遗憾的存在，才让我们更看重生命中的真善美，更拼尽全力追求人生的价值。

这时，我们才真正理解了残缺的内涵——拥有的珍贵，失去的同样珍贵，我们不必计较于遗憾，重要的是把握现在，珍惜今天。只有这样，也只有这样，我们才能在容颜老去时问心无愧地对自己说：“我有遗憾，但是遗憾过后，我曾坚定地好好生活过，我不后悔。”

懂得了遗憾，我们就会读懂人生。人生之路，不可能总是潮平江阔、莺歌燕舞的宁静欢快，一定会有峡谷激浪、漫漫黄沙的险恶凝重；不可能总是阳光和煦、花好月圆的温暖，也定然有迷雾重重、霜欺雪压的冷峻……人生就是这样，给了你一张灿烂的笑靥，必然会给你一点儿苦涩的记忆，任谁也无法轻松跨越。读懂了遗憾，我们才能学会沉思，才能明白失去，才能跨过肤浅迈向成熟，才会收获完美的人生。

当人生遭遇遗憾，我们不妨试着去读懂遗憾，去珍藏遗憾。人生本无常，空有梦一场。这样的说法未免过于消极。我们不如反过来看，人生本无常，有梦爱一场。有了遗憾，才有了记忆的羽毛，才有了一生无法释怀的珍藏。看吧，震动心灵的瞬间是一种珍藏，温暖怀抱的握手是一种珍藏，病榻前面的抚摸是一种珍藏，那么，无言寂寞里的凝望不也是一种珍藏吗？无奈困境中的煎熬不也是一种珍藏吗？其实我们曾经经历的过往都是富有的矿藏，那里装有欢乐，也充满泪水。正是这一个个或喜或悲的遗憾才使我们的生命变得厚重，变得充实。既然如此，我们还有什么理由不去读懂遗憾，珍藏遗憾呢？

（《青年时代》2011 年第 8 期）

机遇是只狐

听说过这样的两个故事——

弗莱明发现青霉素之后，并没有引起世人的关注。澳大利亚病理学家瓦尔特·弗洛里却静下心来致力于青霉素的提纯实验以应用于临床。经过三年多的努力，依然没有多少进展。这天，弗洛里走出实验室，揉揉惺忪的眼睛，看到街上的西瓜，感到口渴，兴致勃勃地挑了几个。突然，他眼睛一亮，看到一边的篮子里有一个溃烂的西瓜，破裂处长着霉菌，绿绿的。他径直端起西瓜，说："我要这个。""不要钱，送给你。"弗洛里抱着西瓜扬长而去，竟然连小贩喊他把买的西瓜带走都没有听见。已经工作了一夜的弗洛里马上又投入紧张的实验之中：切下绿霉，培养菌种，进行提纯，青霉素的产量竟达到了每立方厘米 200 单位。弗洛里正是凭着这项发明赢得了诺贝尔生物及医学奖。

还有这样一个故事。一场大火，尼科尔斯数年艰辛支撑起来的家具厂变成了一片废墟。这次打击，使他对着满地狼藉暗自落泪。人们摇头叹息，为他捏一把汗——刚刚风生水起的事业还没扬帆就触礁。这天，他的家中突然传来惊喜的叫喊声。怎么回事？原来，他发现那些被烧焦的松木十分特别。于是，他挑出来仔细打磨抛光，涂上清漆，居然产生了神奇的效果：光泽柔和温馨，纹理鲜明舒展。他马上振作精神，制作出仿木纹家具。尼尔科斯因此创造了家具行业的一个传奇。

抓住机遇，人生就会有新的转身，可是机遇并不容易把握。于是，有人慨叹机遇离自己太远，机遇遥不可及。其实机遇就在我们的周围，它就像空气一样存在于我们的生活中。我们往往熟视无睹，它才变得飘忽不定，稍纵即逝。当你不留心时，它会像闪电一样闪现；当你试图抓住它时，它却又不知所踪。所以我说，机遇，它就是一只狐。

看到上面的两个故事，你有何感想呢？也许你会为他们的幸运而欣羡不已：买了个烂西瓜竟然得了个诺贝尔奖，烧了一个家具厂却成就了一个家具王国。可是你想过没有，他们在遇到机遇之前经历了怎样的积累，怎样的摔打。如果弗洛里不了解霉菌的知识，没有对菌类的特点了然于胸，没有对霉菌的朝思暮想，那么即便有千百个西瓜放在面前也是枉然。如果尼克斯经受不住失败的敲打，哀伤于失去，他就会被一堆瓦砾遮住双眼，那么被烧焦的松木绝不可能在他的手上开出花来。如果没有这些，熟悉的不能再熟悉的西瓜、松木，它们还能成为机会吗？回答自然是否定的。

机不可失，时不再来。面对机遇这只狐，我们是静候着它来敲门，还是起身去寻觅？自然是拿起猎枪起身去追逐。只要你像弗洛里、尼科尔斯一样笑对挫折不言弃，冷对失败不低头，那么机遇这只狐就一定能被你的锐眼找到。记住，无论何时你都要带上“有准备的头脑”这杆猎枪，循迹行踪，细察详审，不放过哪怕一个微小的细节、任何异样的呼吸，那么机遇这只狐早晚终会被你握在手心。

（《今晚报》2011 年 4 月 10 日）

把自己站成一个奇迹

尼克·胡哲，一个澳大利亚小伙，生来没有四肢，一出世就被医生判了死刑：永远不可能走路。他也只能靠一个“小鸡腿”（左脚掌及相连的两个小脚趾）来活动。他五六岁了，连上厕所都要父母抱进抱出，那种尴尬和羞愧让他无地自容。八岁时被父母送进一所普通的小学就读。他必须借助电动轮椅进出，还必须有专人照顾。迎面泼来同学们无情的挖苦和嘲讽，他感到痛苦绝望，开始变得敏感消沉，郁郁寡欢，想彻底解脱自己。于是，在十岁的时候他三次尝试自杀，幸好都没有成功。

为了不让自己成为父母的累赘，为了不让自己成为同学眼中的另类，他近乎疯狂地摔打自己。为了练习走路——抬着“小鸡腿”，挪动大腿根部，“小鸡腿”磨出了血都不停步，刚刚结了痂，又磨得鲜血淋漓，以致后来结出了厚厚的老茧，针刺都没有痛感。经过长期训练，他不但学会了走路，还学会了用“小鸡腿”写字、打字。现在，他每分钟能打四十三个字母呢。他也学会了刷牙，将牙刷夹在脖子和肩膀之间的肌肉里，来来回回移动嘴巴。经过五六年的努力，他终于学会了独立，自信地融入同学们当中，不再有人用异样的目光看他了。于是，他的欲望鼓荡起来，尝试着挑战更高的自己。他踢足球，打高尔夫，玩打击乐，滑滑板，甚至学会了骑马、游泳和冲浪。他不可思议地掌握了在冲浪板上 360 度旋转这样的超高难度动作，并把它作为自己的招牌。在大学期间，他还成了学生会主席，取得了两个大学学位。现在，他是两家公司的总裁，还创办了一个非营利机构和一个“没有四肢的生活”网站。他把自己的人生经营得风生水起，甚至达到我们体魄健全的人都难以企及的高度。

今天的尼克一扫以前的沉默寡言、木讷呆板，变得乐观豁达、幽默风趣。在演讲的现场，当有人盯着他看，目光中满是怜悯而落泪时，他会不安分地用“小鸡腿”跳来跳去。“我管它叫‘小鸡腿’，”尼克开玩笑说，“我待在水里时可以漂起来，因为我身体的 80% 是肺，‘小鸡腿’则像是推进器。”有一次，他在汽车的座椅里原地转圈，邻车司机透过玻璃，看到他的头部在做 360 度旋转，惊得目瞪口呆。他不再把自己的缺点捂得严严实实，而是把它们大方地展示在世人面前，并以此为傲。每次拍照时，他都会一脸的顽皮地把那只“小鸡腿”高高地翘起。他说，他感恩于它们。正是由于有了它们，他的生活才多姿多彩。每一个聆听他演讲的听众，往往被他阳光般的微笑震撼而潸然泪下，而他却为把自己的独特人生能与众人分享而感到快乐。

“你可能觉得不可思议，我能在我的缺陷中找到希望。我走遍了二十多个国家，做过超过一千次的演讲。他们都说我跑得太快，把脚步都落到后面去了。”尼克说，“生命中有些东西是我们不能控制和改变的，当你相信没有希望时，只因为你没有看到希望。但并非不因为你看不见，希望就不存在。”

“要有希望，有勇气去做任何尝试，可以跌倒但不可以成为失败者，永远不要放弃。”尼克说。

如果有希望，有梦想，我们就要像尼克那样坚持下去；如果没找到，那就继续寻找，相信一定可以找得到。即使梦想失落了，也不要让梦想死去，应该执着地坚守着它。特莱艾就是这样一个人。她用自己的人生经历缔造了一个梦想的神话，让每一个品读过她的人热血澎湃。

特莱艾，三十多岁时是津巴布韦一个贫困农村的家庭妇女，只上过一年小学便辍学在家。特莱艾每天忙着帮母亲做家务，帮父亲干农活。但她总梦想着上学，每当哥哥放学，她都会缠着哥哥给她讲课，蹲在一块只有膝盖高、台面坑洼的大石头上把老师布置给哥哥的作业做一遍。她还用一张小纸写下了自己的四个梦想——出国留学，读完学士、硕士和博士。然后，她按照非洲人的传统将写着这四个梦想的纸条放进一个瓦罐里，埋在家门口的这块大石头旁。

才刚十一岁，还没有长成人，她就被迫嫁给了一个暴戾的丈夫，常常身上被打得遍体鳞伤。年过三十的她已经是五个孩子的母亲，而这时丈夫身患艾滋病，家中一贫如洗。面对贫困的现实、繁重的家务、嗷嗷待哺的孩子，无论是谁都会认为她讲梦想，不过是在痴人说梦。

但是她却等来了改变命运的机遇。一个国际援助组织的志愿团队给了她一个重拾梦想的机会。于是，她一边为国际援助组织工作攒下工资，一边攻读函授课程，从小学课程一直补到高中。1998 年，她被美国俄克拉荷马州立大学录取进本科学习。为了不丢下孩子，特莱艾揣着卖尽家产和从乡亲们那里东拼西凑来的五千美金，带着丈夫和孩子一行七人到美国留学。现实的残酷很快使留学变成了噩梦。上学的孩子，无所事事的丈夫，微薄的助学金根本不够用。一家人被迫挤在冰冷、残破的车式房子里。她不得不到家门前的垃圾桶里找寻邻居丢弃的食物，还不时受到丈夫发泄不满的拳打脚踢。她不得不同时打几份工，有时忙碌到夜里十一二点才能揉着腰酸腿痛的身子坐下来休息。这期间，她还要利用一切时间如饥似渴地学习，汲取知识的甘露。即便如此，最后她苦得连学费也交不起了。在国际援助组织和好心人的资助下，她才得以顺利地完成了学业。2009 年 12 月，四十四岁的她在美国西密执安大学获得了哲学博士学位。她就是这样将狂野的梦想演绎得精彩绝伦，举世惊叹。

心有多大，舞台就有多大。当我们怀抱梦想前行的时候，总有人在面对困境时，自怨自艾，自暴自弃，甚而自绝人世。

那么，请来照照这面镜子吧，比起尼克和特莱艾来，我们的处境有那么悲观、那么绝望吗？他们用自己坚定的步伐，在一路飞扬的笑声中仰望着，积累着，终于用他们坚强的翅膀飞越了最为阴晦的日子，拥有了幸福的人生。人生，谁也无法预料转角处会发生什么。那么，我们又有什么理由为自己开脱，又有什么必要抱怨自己遇到的种种不幸。那么，我们又为什么要停下追逐梦想的脚步呢？其实，追逐梦想就是要坚持不懈，敢于选择拥抱失败。只要有勇气在，只要有梦想在，一步步走去，就定能跨越风暴，拨开乌云，见到阳光的。这样，许多人眼中的不可能就会变成可能，甚至会成为一道最为亮丽的风景，就像我们站在台下仰望尼克和特莱艾一样。朋友们，就像尼克所说的“如果别人没有给你奇迹，你就去成为奇迹”那样，让我们在梦想的天宇下都站成一个奇迹吧！

（《当代健康报》2012 年 4 月 19 日）

我幸运，因为我专注

潘卫国，26 岁，2011 年毕业于江苏省科技大学计算机科学与技术专业。今年才刚刚是他毕业的第三年，但是他却已经是身家千万的手游界的新秀了。他怎样在短短的 3 年时间里化蛹成蝶，实现华丽转身的呢？

一

2007 年秋天，潘卫国被江苏省科技大学录取了。接到录取通知书的那一刻，他心花怒放，一颗悬着的心落到了实处。因为他一直有个梦想：成为 IT 精英，开发自己的软件。要是看到许多人用着自己开发的软件，那将是多幸福的一件事啊——他美美地想着。

一个月后，入学的新鲜兴奋渐渐淡去。同学们走到一起，开始谈论考研的话题。潘卫国也开始深入思考这个问题。考研，可以得到进一步深造，对自己未来的就业和发展都有好处；而创业就意味着必须要走一条艰辛的道路，没有人知道前面的路怎么走。这就像摸石头过河一样，有可能你没有过河，就被洪水淹没了；但是你也可能就此开拓出一条新路。两相比较，考研稳妥，创业冒险。但是，没有冒险就不能开辟出一个新的天地，哪一个成功者不是在刀尖上跳舞才成就事业的呢？他想到了比尔·盖茨，想到了马云，想到了潘石屹……一个月后，他明确了自己的发展方向——创业，开发自己的软件。

有了方向，他开始了一个人的长征。他开始如饥似渴地学习，把课余的时间都利用起来，就连在路上碰到老师的缝隙时间也不放过请教问题。图书馆成了他的领地。有时一待就是一个下午或者一个晚上。渴了，喝口水；饿了，啃点儿方便面。兴趣是最好的老师，这话真的没错。没有几个月，他已经是校园内小有名气的“高手”了。同学们有什么疑问都喜欢找他，包括一些高年级的同学。他也不保守，经常和同学一起钻研、探讨，挑战和破解一些软件制作中遇到的难题。大一下学期，他接到的第一个项目是江科大西校区管委会网页设计和维护。他由此赚到了人生第一桶金 2000 元。此后，他钻研的劲头更足了。

二

大二的时候，潘卫国和伙伴陆宏明一起共同组建了江科大校内第一个工作室——明宇软件工作室。这时，他们开始有意识地在网络上搜寻校内外各类网页制作、网站维护和游戏开发类的外包项目来做。这个时期，他们有些饥不择食，不管赚不赚钱，不管怎样的项目他们都接。外包的项目，有时你的创意对方非常欣赏，但是临到最后却被对方黑了。这样的经历，他们遇到过几次。于是，潘卫国开始考虑软件价值的问题，即如何让自己的软件实现价值的最大化。

2011 年，临近毕业，各种压力都涌了过来，潘卫国的团队忍痛解散了。回顾这段经历，他认为非常有价值。如何揣摩对方的心理，如何学会随机应变，如何推销自己，如何放大自己的优点，这些都是课本上学不到的知识。

距离毕业还有 3 个多月，是去找工作，还是……既然选择了创业，那么就必须要有自己的团队，而自己人脉最广的就是身边的同学。资金不足的情况下，学弟、学妹是最值得开发的富矿——他们和自己一样有着创业的热情，一样有着不凡的抱负，而且相对于社会上的人员更单纯，要求也低。于是，潘卫国在校园里招募了一批大学生，坚持每个星期六给他们“上课”，从计算机组成原理、汇编语言、C 语言开始，一直上到他大学毕业。经过大浪淘沙，他从这些人中间挑选出了 8 个人，组成了自己新的团队，成立了新的工作室。这 8 个人最终也成了小西网络前身公司的创始团队成员。

三

创业是肯定的，但是不是现在就一定要创业呢？潘卫国有些犹豫，毕竟自己在这方面还是新手，也没有资金的支持，要想做好，不是一件容易的事情。经过一番权衡，他最终决定，先就业 3 年，为再次创业做些积累。

他顺利地进入了南京诚迈科技有限公司，随后被派驻北京 MTK 公司上班。上班期间，他用心地了解所在公司的运作流程、规则以及比较国际化的管理规范、自动化系统等，期望能为日后创业奠定基础。

他人虽然在北京，但是他的心却在南京。每个周末，他都和团队成员举行视频会议，分派任务，坚持每月回镇江一次，商讨项目的运作。“糖果恶霸”手机游戏的创意就是在那时形成的。

2012 年，在潘卫国的指导下，他们的团队开发出了物理引擎类休闲游戏《糖果恶霸》。在当年的“第二届移动 MM 百万青年创业计划”中以高分一举斩获特等奖，更是荣登大赛全部作品分会的榜首，成为名副其实的一匹黑马，引起了社会的广泛关注。

同年，手机游戏市场发展迅猛。潘卫国敏锐地捕捉到了这个信息，认为自己再不创业就会错过转瞬即逝的机会。他当机立断，果断辞职，提前回南京创业。

2012 年 7 月，他在江宁区的一个小拆迁安置房里租下了一间 50 多平方米的房子。那时，大家挤在一起，连转身都困难，但是没有一个人放弃。虽然也设计了十几款 2D 手机游戏，但是却并没有引起人们的注意。这希望在哪里呢？最初的一点儿创业金没有了，工资发不出来，连吃饭都要自费。没有钱，还让人怎么坚持？对外招聘的人员全部陆续离开了，就是最初的 9 个人也走了 4 个。第一次创业就以这样的形式散了场。

2013 年 6 月，江科大的团队成员回校做毕业设计，整个公司就剩下潘卫国一个人在坚守。那种冷清、那种寂寞对谁来说都是一种煎熬，但是他却咬着牙坚持着。他自嘲地说："终于不需要任何开支了。"

四

人走了，开支少了，但是自己还要吃饭哪！为了解决自己温饱的问题，潘卫国接了一个外包项目，挣了几万元，才彻底解决了这个问题。有了物质的保障，他就研发一些小游戏，自己发布，有时一个月竟也能赚到一万多美元。

但是，这样的一种状况并不是他所期望的。"我要做一家更大、更有影响力的公司。"他默默地对自己说。

2013 年年底，他开始着手成立新的公司，全面放弃维护已经上线的十几款 2D 游戏，转而集中人力和物力开发精品

3D 游戏。

2014 年 3 月，小西网络公司成立。6 月，3D 游戏研发成功，网络启动数百万人民币融资计划并获得成功。8 月，一款摩托车竞技游戏上线，产生数百万元月流水收入。10 月，小西网络进入二轮融资谈判。

目前，小西网络正在研发的一款策略型角色扮演类游戏，得到市场和同类行业公司的高度认可。保守估计，该游戏 12 月上线后月流水将会达到数千万元。

日前，潘卫国回到母校招聘员工，受到热烈追捧。当听说有人认为他的成功来自于运气好的时候，他说："我从来不相信偶然的成功，必须有计划地去谋事。说我运气好，不如说我比别人更专注，更耐心，更能吃苦。"

（《做人与处世》2015 年 3 月）

带着责任上路

今天,《非诚勿扰》“史上最真诚女嘉宾”王佳因为杀死丈夫而被以故意杀人罪判刑十年。最真诚的女嘉宾竟然以最残忍的刽子手落幕，这样的剧情逆转让人唏嘘。纵观整个案情的发展脉络，记者都在强调一点，那就是王佳没有走出“非诚勿扰”的时代，她是看到其他姐妹风光后心理失衡而杀夫的。

其实，记者在报道中只看到了事件的一个方面，却没有看到王佳杀夫的另一面，那就是她没有家庭责任感。无论是谈恋爱时还是结婚之后，她从来没有考虑过丈夫的感受和家庭的责任。在她看来，一切的不如意都是因为丈夫，但是她却恰恰忘记了自己。一个人自私自利到连什么责任都不愿意承担的时候，他还能做什么，还能成为什么人？不是毁灭他人，就是毁灭自己。

读着王佳的故事，我忽然想起了南北朝时期的无节操文人沈约。梁武帝在沈约等人帮助下夺取了齐国的政权，他想放了后主高纬，但是沈约却力主杀了齐帝以绝后患。沈约是在高纬的赏识下当上骠骑司马将军的，但是却对高纬没有尽一点儿为人臣的责任，反而促成了杀戮。这使他的声名日下，连梁武帝都对他不放心。到了晚年，沈约总是梦到高纬来报仇。他找来道士破解，并写祭文祷告上天："我充其量不过是一个臣子，朝代更替这样的大事，哪是我能做得了主的。"梁武帝听到了这个消息，连续派人到他府上去斥责他，吓得他惶惶不可终日，最后忧惧而死。

沈约作为人臣，没有想着怎样去尽自己最大的责任来保护齐帝，这本身就不是人臣之为，而在齐帝被杀之后，他还是不愿意承担责任，找借口把责任推到梁武帝的身上，这样的人还能赢得怎样的声名，还能获得怎样的信任呢？他的不担当，对那些心中没有"责任"二字的人，是不是一个警醒呢？

责任是什么？责任就是上天给予人的一种考验。梁启超说："未尽责任是人生最大的痛苦，尽责任是人生最大的快乐。"许多人像王佳、沈约一样不愿意承担责任，结果给他人、给自己留下无尽的遗憾；但是更多的人经受住了考验，给自己戴上了荆冠，从而发出金子般的光辉，让人仰视。

伊扎克患有小儿麻痹症，落下了终身残疾。17 岁那年，他为了筹钱深造来实现自己的音乐梦想，每天坐着轮椅到广场上拉琴卖艺。这天，他身前放钱的盒子里多了一张中了 20 万的彩票。他没有犹豫，立即通过街头寻人的方式找到了它的主人约尼·泽尔尼克。有人问他："你每天坐着轮椅辛苦地来拉琴，为什么不把 20 万留给自己呢？"他微笑着回答："这是为人的责任。我虽然没有钱，但我活得快乐踏实。如果我失去了诚信，那么我每天就会活在痛苦之中。你说，谁更重要呢？"可以毫不夸张地说，伊扎克·帕尔曼之所以能够成为以色列著名的小提琴演奏家，就是因为他正直守信，敢于担当。

人无信不立。作为一个人，我们就应该把责任记在心间，扛在肩上，带着它上路。我们只有敢于面对责任，勇于承担责任，才能闪耀人性的光芒，才能赢得社会的尊重，才能收获事业的成功。让我们带着责任上路，做个顶天立地的人，无悔地走好人生的每一步。

（《现代养生》2016 年 9 月）

没有机遇无前传

谁也没有想到，上班还没有三年，赵功成就成了南京路店的店长。同学会上，我们都为他似锦的前程感到羡慕。

在学校里，赵功成不显山不露水的。我们忙着逛街谈恋爱，他泡在图书馆里；我们听讲座坐在后排，他始终坐在第一排；我们毕业到处找工作，他已经考取了研究生。他工作的时候，我们已经工作了四年，但是怎么还是被他给挤下去了呢？

“兄弟，机会总是给有准备的人啊。”对于大刘的咬文嚼字，我们嗤之以鼻，但是他接下来的一段话让我们彻底没有了脾气。

大刘说，赵功成刚入职的时候，也只是无名小卒，每天做着那枯燥而单调的工作，但是他却并没有表现出厌烦和焦躁。每天，他抢着做那些琐碎的事情，把商品摆放整齐，把地面收拾干净，给其他人泡一杯茶，然后才开始一天的工作。

一天，一个顾客找上了门，说是面包过了期吃坏了孩子的肚子，要求赔偿。当时店长不在，他就主动承担起了责任，微笑着耐心解释。但是，顾客却并不买账，一块面包砸在他的脸上，他成了顾客的出气筒。直到那顾客满意地离开，他才长舒了一口气，而事后他却在出租房里哭了。

又一天，公司里让他策划参加一个展销会。他还真就把这件事当成了大事，熬了几个晚上才准备好了策划案。这样的准备应该算充分了吧。可是在报给了公司后，他却又把它要回来修改了两次。“这策划案也不是绣花，有必要这样精益求精吗？”面对质疑，他却郑重其事地说：“要做就要做到最好，不然，还不如不做。”结果，展销会取得了出人意料的成功。

同学们说着他被器重的原因，但是他却认为自己能当上店长是因为专业上的优势。也许他当上店长有着专业上的优势，但是这样的机遇又绝不是一个专业优势就能够概括的。很明显，在他的公司里，比他学历高的、资格老的有很多，为什么别人没有得到这样的机遇，而他却能够得到呢？

我们都希望得到机遇的垂青，但是却忽视了机遇也是有前传的，它也需要我们做充分的准备来迎接它。洛克菲勒是石油大亨，如果不是每天看着焊接机并认真地改进它，他能获得机遇吗？凡尔纳是科幻小说之父，如果没有十五次退稿的堆积，他会敲开机遇的大门吗？潘石屹是 SOHO 中国的董事长，如果没有当年辞职下海的商海搏击，会有机遇砸到他的头上吗？

现在，很多人做事情都喜欢追求一个效率，我的付出值不值得，我的付出能不能得到回报？值得的就做，不值得的就不做，宁愿让自己闲着也不愿意做那看不到结果的事情。其实，生活中的许多事情并不能简单地用看得见的目标来衡量，也不一定看得到它的实际作用。一个人如果在平常无监督的情况下，都能以高要求、高标准来要求自己，当形成了一种习惯之后，机会一旦来临，他自然就能够免费入场了。

没有机遇无前传。培根说，只有愚者才等待机会，而智者则善于造就机会。当我们在为没有机遇而怨天尤人的时候，我们有没有为机遇的到来做些切近而扎实的工作呢？世间从来没有多少真正的幸运者，我们也没有必要期盼着自己成为那幸运者，我们所要做的应该是做一个创造者，踏实做事，认真做人，创造机遇产生的条件，机遇自然会来临。

（《企业家日报》2015 年 12 月 21 日）

洗干净你的手进书店

一位环卫老伯每天下午都会到永嘉县建新路新华书店去看书。每次，他都会把衣服拍了又拍，洗几遍手，把自己收拾干净了才进店。找到书，他就坐在书店一角，安静地看起书来。

最近，这张图片在微博上热播，赢得了网友的广泛关注和点赞。有网友呼吁：放下手机，拿起书本，做一个热爱读书的人；甚至有网友找上门去慰问老人，表达对老人的敬意。

看着老人读书的画面，我想每个人都是感动的——白发苍苍的老人，在繁忙的工作间隙还不忘读书。对那些每天以忙为借口不读书的人而言，这不是一个很好的教育吗？再看看老人，每次进店都要把自己收拾利落了，连脱下的鞋子也是整齐地摆放着。为他人着想，不影响他人，这不更能看出老人的修养吗？

生活的细节更能真实地透视一个人的内心。而我们做的每件事都是打向他人的名片。它虽然没有名片那么直接简单，却更真实细腻，更能把你的品质、修养、人格暴露人前。

一个年轻人大学毕业，好不容易找到一份工作。不幸的是，他的母亲突然罹患重病。自己才工作几个月，还没有正式入职，能从哪里借钱呢？他急得没有了办法，就跑去找部门经理。没想到，部门经理直接从个人账户上转给他三十万。

自己和经理也不熟，他就这样相信自己？后来，他才知道，是因为自己做义工的经历打动了经理。上大学时，他经常做领队去特教学校做义工，曾经和经理的女儿五次同框。经理看到了那些照片，又和女儿做了确认，才做出了这样的行动。经理说，一个人做了两年义工还不张扬，说明他善良、踏实、有爱心，和这样的人打交道放心。

有些人总喜欢埋怨时运不济、命运不公。很多时候，不如意并不是他人造成的，而是我们做事时就已经埋下了伏笔。如果我们认真地对待每件事，把每件事都努力做到完美，无愧于心，这就等于打出了自己的名片。你要相信周围人的判断力。你以为他人看不见，其实他们早已给你打出了分。

一天下大雨，汪涵和助手去外地参加活动。在路上，他看到一个残疾人坐在轮椅上正打算横穿马路。他让助手停车后，拿出雨伞，飞快地跑到残疾人身边。那位残疾人认出了汪涵，开心地说着感谢的话。经过交流，汪涵得知年轻人是一个孤儿，经过自学获得大学文凭。那天，他出门找工作，不想遇到下雨。

汪涵只是鼓励他，有付出就有回报，其他的什么也没有说。但是，回到车上，他立即让助手记下年轻人的电话号码，并让他联系一家自己认识的单位。助手对汪涵为什么不当面告诉年轻人自己要帮助他感到疑惑。汪涵说："年轻人那么坚强，自尊心强。要是我当面说要帮他，他一定会以为我在可怜他而拒绝。每一个有自尊的人，都会通过自己的努力获得成功。"

汪涵应该算是一个成功人士了，他为什么还能那么体察他人呢？他在《有味》里的一句话或许能回答这个问题——因懂得而谦虚，因明白而狂妄。一个连陌生人的喜怒哀乐都能记挂于心，还能设身处地为他着想，你说他还会不成功吗？还会不赢得人们的赞誉吗？

我们做的每件事，都是我们的一张名片，无论你到了哪里，它都会跟着。它不会随着时间而改变，但我们却有意无意地忽略了它的存在而做出让人不能理解的事，尤其是那些自以为取得了傲人的成绩而忘乎所以的人。

你做的每件事都是你的名片。当你无论在人前还是人后，都能坚守做人的准则，你就离成功不远了。而如果你口不应心，当面一套背后一套，即使你再优秀也会被人鄙视、唾弃。你做的每件事都是你的名片，你糟蹋你的名片，别人还有什么必要呵护它呢？

（《知识窗》2016 年 12 月）

善待他人就是善待自己

近读《现代快报》，看到一则新闻：昨天傍晚，浙江义乌稠城街道银海路，一辆运沙货车发生侧翻。当时贵州人胡顺成从外面往家赶，听说有孩子被压在沙堆下，他要去救，同伴叫他不要惹麻烦上身。他思忖片刻，毅然伸出援手。很快，孩子的脸露了出来，他赫然发现自己救下的竟是自己的女儿小玲。他双手合十，虔诚地感恩——上帝真厚待自己。

真的是上帝善待他吗？当然不是。如果当时他看到不伸手，还会有今天大团圆的结局吗？记得有一位哲人说过，善待他人就是善待自己。他正是因为用一颗真诚的心善待他人，才有了上帝还他一个活蹦乱跳的女儿的回报。

心底无私天地宽。善待他人可以说是一个人必备的美德。与人为善，缘于一种自信，是品性高尚的一种表现，是智者心灵的一种沟通，是仁者宽厚的一种展示。生活中，一个人只有懂得善待他人，才能赢得他人的友谊和尊敬。阿姆斯特朗和奥尔德林同时登上月球。阿姆斯特朗因为一句“我个人迈出了一小步，而人类迈出了一大步”而家喻户晓，而奥尔德林却籍籍无名。一次，一位记者向奥尔德林提出了一个尖锐的问题：“阿姆斯特朗因为第一个登上月球而世界扬名。作为同行者，你是否感到遗憾？”他笑笑，说道：“可是大家不要忘了，返回地球时我是第一个从外太空登陆地球的人！”一句轻松幽默的回答赢得了雷鸣般的掌声。

同样的付出，不一样的回报，确实让人心怀不平，但是这又有什么呢？世间有多少事是绝对公平的呢？学一学奥尔德林吧——放下得失，善待他人，分享快乐，还有什么比这更让人折服的呢？

政治上，一个人只有善待他人，才能赢得民心。齐桓公善待几欲置自己于死地的管仲，成就了春秋霸业；曹操善待臣下，焚毁了通敌袁绍的书信，统一了中原；刘秀善待降将，保留了他们地位和权势，复兴了汉朝……哪一个立国的君王不是因善待他人才成就自己的呢？

美国有一句谚语：林肯的真诚与宽容。是什么让它成了流传不衰的谚语呢？南北战争时期，林肯欲任命嗜酒如命的格兰特将军担任统帅，却遭到斯坦顿等人的坚决反对，嘲讽他是“笨蛋、老憨、长臂猿”。但是，林肯不为所动，依然善待斯坦顿，委以重任。正是林肯以国家利益为最高准则，容人、识人、用人，才取得了南北战争的胜利，赢得了美国人民的信赖和尊重。

野马因为吸血蝙蝠在脚上吸血不舒服，又无法把它赶走就暴跳起来，活活被折磨而死；蚌没有因为沙石进入了体内无法排出而怨天尤人，而用体内的营养层层包裹，成就了美丽的珍珠。相似的境遇为什么结果会迥然不同？只不过是由于在面对伤害时选择的不同罢了。

孟子曰："君子莫大乎与人为善。"做人，遇到的事情如果不是伤害人格尊严的事情，有什么不可以一笑而过呢？与人为善，不是为了回报，而是快乐自己；善待他人，不是为了博得名声，而是成就自我。这不是善待他人的美好所在吗？

做一个与人为善的人吧。它能让我们的人生更充实，更美丽！

给别人开一扇窗

早起，看《新闻早八点》，怔住了：一位妇女带孩子坐公交，孩子要吐。妇女央求旁边戴墨镜的小伙把窗户打开，但是他却哼着音乐，置若罔闻。一个站着的小伙帮着妇女说“墨镜”。“墨镜”突然发飙，站着的小伙三两下就把他撂倒了。多小的一件事，就因为一扇窗，被人打落两颗门牙，还被众人指责。有什么必要呢？给别人开一扇窗，不也在为自己开一扇窗吗？

给别人开一扇窗，也是为自己开一扇窗。这个道理浅显易明，但并不是每个人都懂。我的同事小江就因为不懂这个道理而如今还在懊悔。

大学毕业，小江和朋友赵云在同一家公司做营销。一天，小江接到一个任务：给公司新的年度营销方案做评估。这对于专业出身的他来说，简直是小菜一碟。他拿到方案就回了家，与他租住在一起的赵云建议他去市场上调查一下，他不屑一顾。结果，他被领导冷着脸训了一顿，方案也转到了赵云手上。小江很是恼火，他疑心自己是被赵云黑了。还有一次，公司派小江去上海和一个大客户谈判。赵云提醒他，对方是老客户，最好给最低价。他却笑赵云天真。商场如战场，谁不想多赚钱？这次，他又把事情做砸了，被调出了营销部，而赵云却因为业绩突出当上了营销主管。从那以后，小江始终认为赵云是伪君子，便和他对着干，找各种理由拒绝任务，到处散播关于他的谣言。小江因此被公司解聘。

一年后，小江才知道自己冤枉了赵云。做评估，是公司的决定，赵云是新手，他没有话语权；谈判失败，赵云说尽好话，才避免了被开除；拒绝任务，赵云在背后顶着，才让他多留了几个月；失业期间，赵云还以小江的名义给他父母寄钱……多好的朋友啊！可感叹有什么用呢？当你关上面向朋友的那扇窗时，就应该知道这样的结果啊。

给别人开一扇窗，不仅能为自己找到真正的朋友，而且能转化危机，赢得人心。郭子仪和鱼朝恩两个人是死对头。鱼朝恩多次在背后使绊子，让郭子仪屡被贬黜。一次，鱼朝恩竟派人把郭子仪的祖坟扒了。这是怎样的一种羞辱？郭子仪面对着皇帝，却说："臣常年领兵在外作战，挖战壕修工事不知挖了多少百姓的祖坟，现今臣的祖坟被挖，是上天对臣的报应，如何敢怪别人啊。"一句话就彻底化解了和鱼朝恩的宿冤，折服了天下，自己也得到了善终。

给别人开一扇窗，还能获得事业上的成功。在有些人的眼里，对手即敌人，但是楼仲平却不这样认为。当年，爆发亚洲金融危机的时候，小企业倒闭，大企业亏损，大家都在努力自保以渡难关，而他却一面用收购和加盟的形式吸收弱小企业，一面拿出所有的积蓄免息借给几家较大规模的企业。

你说这人是不是疯了？他没有。第一项措施使他壮大了自己的企业。现在，“双童”吸管占有 30% 的世界市场；而第二项措施则培育了义乌吸管产业，使它成为吸管产业聚集区。试想，如果当年楼仲平没有那样的气魄，他能把企业年纯利润做到今天的 2000 万吗？如果当年他没有那样的眼光，他能把义乌培育成吸管制造中心吗？

现在，社会上许多人都像“墨镜”一样斤斤计较，睚眦必报，似乎每个人都是他的敌人。这样的心理和做法是完全不可取的，因为你折磨、伤害他人，受伤害的往往还有你自己。世界是个大集体，我们只是其中一分子。当你为人打开一扇窗，你才能看见窗外的温暖与和谐；而当你无情地关上窗户，除了阴暗和仇恨，你还能看见什么？记住：你心中爱人，别人才会爱你；你心中爱生活，生活才能还你以笑脸。朋友，你想生活在热爱和美好的世界里吗？那就请你为别人开一扇窗吧。

（《今日阳新》2016 年 10 月 18 日）

一念之善

我们喜欢看到大善，因为它感天动地，撼人心魄，有着直入人心的力量。这样的正能量谁都乐于看见，而生活中没有那么多大善，多是微小如尘的小善。一念之善虽然微小，但正是因为它，我们的生活才变得美好，我们的身体才变得温暖，我们的灵魂才变得充实。

那天中午，我和张正丰到“面对面”吃快餐，里面没有多少人，还空着几张桌子。我打了饭和菜准备到空桌子上去吃，他却把我拉到一个杯盘狼藉的桌子前。这么脏，怎么吃？我跑开了，而他却安然自若，吃得风生水起。回单位的路上，我忍不住问他，为什么不选一张干净的桌子坐。他笑笑，说：“我选有人的桌子，服务员不就少擦张桌子吗？”

到饭店去就餐，一般不会考虑服务员是不是劳累的。我们去消费就是为了享受他们的服务，他们为我们服务理所当然，而我们恰恰却忘记了理解、同情和爱护。张正丰做的这件事很小，但是它给人的却是发自于内心的真诚和善良，谁看了会不感动呢？

一次，打车到火车站。走中山路过昭阳路，只要 50 元，司机却要我走南京路过集贤路。这明显要多走 4 公里，我有些不愿意，但他说也只收 50 元，我就同意了。到了站，我有些不解：时间是缩短了近 30 分钟，但是他却多烧了 4 公里的油，这不赔本吗？他笑着说："多花 4 公里油钱，不为你多争取了 30 分钟时间吗？我也没吃亏，我一小时的成本是 35 元，我用 1 元买 30 分钟，我也合算不是？"

打车的时候，我们都喜欢抄近，节约时间，而司机都喜欢绕远，多挣些钱。这都是人之常情。但是，当我们真的设身处地为他人着想的时候，我们就应该像这位司机一样——方便了他人，快乐了自己，不是更好吗？

前几天，在《中国青年报》上看了一篇报道，心里很是感动。故事并不复杂：1 月 3 日的傍晚，90 后女青年朱明月的红色"POLO"被 70 岁的杨智全老大爷的满载废品的破三轮车划了。新车上一道划痕从后保险杠一直延伸到后倒车镜。朱明月打了个电话给 4S 店，得知修车要 500 元。看到大爷长满冻疮的手，她同意了只赔 400 元的请求。大爷刚离开去借钱，她忽然心里有些不踏实：万一他一去不回怎么办？当大爷急匆匆地攥着厚厚一沓零钞跑来，她为自己的猜忌感到惭愧。看着大爷费力地蹬车离开，望着手里的一把零钞，她突然发现这钱不能拿——自己平时一顿饭就是几百元，而这些钱还是大爷东拼西凑的。于是，她找到了他的家，把 400 元还给了大爷。

想到老人那间不足 7 平方米的小屋，全部家当只有一台炉子、一张床和一个橱柜，她就把老人诚实守信的事发到了朋友圈里。几位朋友又在第二天给老人送去了 1000 元。7 日，一家公益机构以爱心和诚信为主题词，奖给他们 5000 元。日前，以他们的故事为题材的《划痕》已经开机，将于月底上映。

车被划了，赔偿理所应当，但是朱明月却主动退还赔偿，并主动帮助老人。这虽然只是一念小善，但是却温暖了整个西安，并将感动更多的人。这一善之念，谁还能说它小呢？

孔子说：我欲仁，斯仁至矣。仁不在别处，就在我们每个人的心里。一念之善人人有，但是能不能做到却是彰显品格的标尺。很多时候，我们因脚步太匆匆，因名利太盛，让它蒙上了灰尘，而忽略了它。其实，善行就在寻常之中，因为善行出自善念，它是一个人自我修养的体现，是不需要别人去承认的。我们只有把一念之善付之于行动，善念的凤凰才能找到它栖息的梧桐树，我们的灵魂才能得到安宁。

一念之善，今天，你做了吗？

（《现代领导》2016 年 5 月）

用对地方才是真聪明

前几天，在《纽约每日新闻》上看到的一篇报道：25 岁的普渡大学中国留学生孙超然因为多次入侵教授的电脑并篡改成绩而被判入狱 4 年。本来已经进入波士顿大学读研的他，就是因为自己的“聪明”断送了自己的前程。

一个学工程学的学生能破译教授的电脑，并且成功地修改自己的成绩，不能说他不聪明。如果他能够把聪明用在自己的专业上，也许他就能成为栋梁之材。于公，可以为国出力，于私，可以光耀门楣，这是多么完美的一件事。但是现实却是让自己身陷囹圄，颜面扫尽，父母终日以泪洗面。这是多么鲜明的对比呀。

记得有这样一个小故事：曾国藩小时候一次深夜读书时，一个小偷钻进了他家，躲在屋檐下，想等他睡着了再行窃。

但是，曾国藩却把一篇小文章翻来覆去地背诵个没完没了。小偷实在不耐烦了，从房梁上跳下来冲着曾国藩说："一篇小文章一晚上也背不会，你这种水平还读书？"小偷抢过书来一看，书上写着："你很聪明，至少比我聪明，但是你却只能成为贼。很多人不成功并不是比别人笨，只是把聪明用错了地方。"小偷看完，扬长而去。

一般而言，聪明是成就一番事业的重要条件，但是它却也是一把双刃剑，并不是聪明就能成就事业。一个人如果只有聪明的大脑，却没有正确的前进方向，等待他们的往往是毁灭和死亡。聪明只有用正地方才能发挥出无穷的力量；反之，不仅不能成就自己，还会毁掉自己甚至一个家庭。

聪明反被聪明误，这是我们常说的一句话。故事里的小偷没有被惩罚，或许没有多少的感受，但是孙超然应该是有着切肤之痛的吧。

而这最典型的莫过于《红楼梦》中的王熙凤。她口齿伶俐，精明干练，八面玲珑，贾府有谁不说她好呢？但是，她却把聪明全用在满足个人贪欲上，以权谋私，盘剥众人，甚至为了私欲，杀人不眨眼。结果呢，她的聪明不但毁了自己，也葬送了贾府。

一个那么绝顶聪明的人，却落得个凄凄惨惨戚戚的结局，谁看了不扼腕长叹呢？但是，回过头来想想，她的罪孽不都是她自己的"聪明"埋下的果吗？

一代文豪大仲马现在提起来，人们都会怀着敬仰的心情去盛赞他的聪明和他的作品。但是谁又知道，在他未成名之前，他却是一个靠编故事来博取他人同情心的乞丐呢？

“很多人不成功并不是比别人笨，只是把聪明用错了地方。”要想成功就要把聪明用正地方，这关系着个人的前途及一生的命运！这是每一个聪明人都应该时刻铭记的。

善待别人的高度

1917 年，齐白石为躲避家乡的匪乱，第二次来到北平，寄住在法源寺里。为了生活，他在琉璃厂南纸铺挂了卖画刻印的润格。但是他的画并不为时人所欣赏，他们讥讽他，排斥他，认为他的写意画太粗野，印章太犷悍，简直是一无可取，一钱不值。当时，他一个扇面两元都无人问津，那种孤独飘零之感让齐白石的生活艰难无比。

熬过一个漫长的夏日，又是一幅画也没卖出去。回到家，想到现实的处境，想到自己的梦想，齐白石悲从中来。喝了点儿酒，乘着兴，铺开一个扇面，他一气呵成画了一幅《风鸣秋色图》。看着画中萧萧的落木、草虫的哀鸣，他似乎闻到了故乡的气息。但是，什么也没有，他摇了摇头，深深地叹了一口气。

生活还在继续，日子还要靠自己撑下去。第二天，他期望着有所收获，起了个早。但现实还是和他开了个玩笑，又是一幅画没卖出去。他百无聊赖地坐着，想着晚餐该怎么打发。

这时，一个中年人来到了画摊，他看着周围的画，凝视着，端详着，还不时地点着头。齐白石喜出望外，跑上去问是不是要买画。中年人点点头，买了几幅画。

忽然，中年人看到了《风鸣秋色图》。“这幅扇面意境是有，但冷逸了一些，这样的画是不会有多少人喜欢的。如果你不介意，我在扇子的背面再画一幅，你看看和你的画比较起来有些什么区别。”

齐白石看看来人，应该也是一个懂画的人，而且他刚才又买了自己的画解了自己断炊之忧，就爽快地答应了。

中年人提腕泼墨，下笔纯如，洋洋洒洒之间，一幅雨中芙蓉图展现在面前。连绵的细雨中，芙蓉浓艳华贵，张扬着洒脱不群的个性，设色明丽鲜活，灵动而不迟滞。整幅画面看去，粉色似乎在流动，在欢笑，奔放奇丽中流泻着盎然生意。

齐白石看得呆了。想想自己的画，豆叶之上四只蟋蟀悲鸣，像在诉说着怀乡之情、身世之悲、落寞之怨，质朴无华里散发着浓郁的乡土气息。自己的画冷峻苦淡，而对方的画浓艳明朗，不正形成一个鲜明的对比吗？

当他回过神来，中年男子放下笔，抱起画，已经扬长而去了。

齐白石仔细地研读着中年男子的画，忽然看到扇面上留下的落款：己未夏日雨后，衡恪”，这时他才恍然知道中年男子是谁。原来，这个中年男子就是当时名满北平的画坛领袖、才高气傲的陈师曾。

陈师曾回家后，对齐白石的画念念不忘，他对学生胡佩衡说："齐白石思想新奇，他的作品不是一般画家能画出来的，我们应该特别帮帮这位乡下农夫。"

第三天，陈师曾专门跑到齐白石的住处去拜访他。

这一次，陈师曾和齐白石进行了一次长谈，并赠诗一首，勉励齐白石自创风格，不必求俗媚世。齐白石欣然接受，变通画法，终于开创了红花墨叶一派。

看到齐白石逐渐摆脱了冷峻媚俗的画风，陈师曾非常高兴。他开始有意提携齐白石。1922 年，东京举办中日联合绘画展览会，他把齐白石的作品带了去。不久，巴黎艺术展览会，他又特意推荐了齐白石。

正是在陈师曾的善待之下，齐白石才“衰年变法”，得以跻身一流画家之林而身价倍增。

（《石家庄日报》2014 年 1 月 14 日）

别太拿自己当回事

六叔爱儿子胜过他的生命，儿子的一切六叔都帮他打理得妥妥帖帖的。上大学，他跟着；找工作，他帮着；买房子，他瞄着；找媳妇，他看着……儿子结了婚，事事都安顿了下来。因为家庭琐事，媳妇老是让他不舒服，但他总是忍着——在他心里，儿子是在乎他的。这天，他有些想家，就对儿子说："我走了，不回来了。"他以为儿子没有谁都行，唯独不能没有他。他以为儿子一定会说："不行，您太重要了，家里没有您可不行，您一定得回来。"但是，儿子却沉默不语，什么也没有说。

六叔回到家伤心欲绝，向我哭诉着："我怎么养了这么个儿子？"

儿子有错吗？他有了自己的生活，有了自己的家庭，他自然不愿意自己的生活被其他人打搅——尽管六叔是他的父亲。

我们经常说，人要看得起自己。这也仅仅限于自己，而对于别人，你其实并没有那么重要。现实中，往往有那么些人自我膨胀，把自己太当回事。一旦遭遇他人不买账，就觉得脸上无光，甚至寻死觅活，一挣脸面。

那天，忽然接到小芳的电话。在电话里，她说她不想活了，要我帮她照顾好她的父母。当时，我就吓傻了。这个一向敢爱敢恨的姑娘，怎么突然就想不开了呢？联系她的家人，联系她的朋友，最后动用了警察，才在一家旅店里找到了她。

她为什么要自杀呢？她交了男朋友之后，却时时忘不了初恋的伟。于是，她义无反顾地离开了现在的男朋友，去寻找当年的伟，却被伟无情地拒绝了。她凄凄切切地哽咽："那会儿他那么爱我，怎么现在连见面都不愿意见呢？"

当年，在大学里，伟对小芳那是痴心一片。为了她，他甚至吃安眠药自杀。这样痴情的伟今天怎么就一点儿脸面都不给小芳呢？

伟现在生活幸福，妻子贤惠能干，儿子可爱乖巧，他有什么必要被往事纠缠而打破平静的生活呢？伟的选择虽然有些不近人情，但这不也是他彻底摆脱过去阴影的最好办法吗？至于小芳，她的伤心欲绝只是她的一厢情愿罢了。说得浅白一点儿，就是她太把自己当一回事了。

你不是太阳，你没有那么重要。太阳都有照不到的地方，你自然也有能力不及的地方。就是你的能力能及，还要看别人愿不愿意。如果别人不愿意，把你关在门外，你再有能力也只能是望门兴叹。

人生在世，有些人总以为自己了不起，总渴望被人尊敬和赞赏。其实，这是不现实的。有人赞赏你，也必然有人诋毁你，这是无法回避的现实。做人贵有自知之明。这世界缺了谁，地球照样转。滚滚红尘，除了你自己，你对谁来说，都没那么重要。

一个人如果活在别人的眼光里，往往会迷失自己，没有了自我。“人之赞我，于我不增一丝；人之损我，于我不减一毫。”他人的评价虽然会影响到我们的心情，但是并不能左右我们的生活。我们行走在这个世界上，恪守自己的责任，做好自己分内的事，活出自己的自在和潇洒就足够了。

别太拿自己当回事，你才会拥有荣辱不惊的淡定、不亢不卑的从容。大千世界，人海茫茫。我们是普通之人，就该安安静静做自己喜欢做的事。不自命清高，不妄自菲薄，踏踏实实做事，光明正大做人，才是我们需要努力去做好的。

别太拿自己当回事，我们才能够活得轻松，活得自由，不为虚名所累，不为荣利所侵，不为俗事所缠。如此，云卷云舒，清风明月，哪里不是一处世外桃源般的胜境呢？

（《自学考试报》2014 年 11 月 21 日）

低处生活的幸福

岁月如刀，刀刀催人老。岁月无情地摧折着梦想。独坐窗前，忽然对自己的人生感到一种从未有过的迷惘和苦闷。被一种悲情的思绪笼罩着，心再也不能静下来，索性带上鱼竿和朋友大刚到水库里去钓鱼。

水库在一个山坳里，四周绿树环抱，山上百鸟欢唱，是一处世外桃源般的地方。看水库的是一位六十多岁的老者。他虽然皮肤黝黑，满身泥浆，但是精神矍铄，声若洪钟。在他那个世界里，他走起路来就是我们跟着都要小跑着。从闲聊中，我们得知，老人是西山人，因为儿子在做砖工活时，摔折了腿，他才撇下一家人到这里来帮人养鱼的。这也是一个不幸的家庭，我暗叹。

午饭时候，我拉他和我们一起吃饭，他谢绝了。我们吃着饭，他从房里提出一壶散酒，倒了一碗，喝得满面红光，还用手在大腿上打着拍子醉眼蒙眬地唱起了《定军山》。一拍一和，一唱一叹，那陶醉的神态，那满足的样子，恐怕只有这纯净清澈的泉水才能涵养出如此明净纯粹的愉悦吧。

一个孤单的老人，远离了亲人故土，在一片贫瘠的山坳里，除了清风就是明月，但是他却能在简单里寻找到属于自己的快乐，获得一种心灵上的满足，这是谁才能拥有的幸福表情呢？

我有些羡慕起老人来了。

“这也羡慕，那你不更应该羡慕我吗？”“你——”我有些不解地望着大刚。大刚原来是给一家医药公司做业务经理的，后来因为胃癌，做了手术，不能再跑业务，不得不做了培训师。这一上一下，工资差了一大截呢，还说什么幸福。

“以前跑业务的时候，是很风光，但是那是用身体在拼啊。每天跟陀螺一样，一般不到半夜是回不了家的。这样的生活，家成了旅社，哪里还能体会到家的味道呢？为了和自己的身份相称，我必须穿戴名牌，必须开高档轿车，必须买高档公寓。就是一个面子，我每个月就要背负上万元的贷款压力。每天被钱驱赶着，和一匹饿狼有什么区别呢？我的身体不就是这样拼垮的吗？”

“现在，工资是低了，但是生活却充实了。我回家能够接女儿放学，能够陪妻子散步，能够给他们做一桌丰盛的晚餐……更重要的是，妻子生病了，我能陪在身边；女儿受委屈了，我能听她倾诉。这样的生活是我以前不能想象的，但是现在我很是享受，尽管现在我的生活必须计算生活的成本。”

“人生在世，回过头想想，不是你得到了什么，而是你错过了什么。今天，我以为，一家人过得好不好、开不开心是最重要的，它和钱没有一毛钱关系，你说呢？”

看看大刚，望望老人，我恍然发现自己并没有那么悲剧，也是幸福的。我身体健康，我家人团聚，我工作稳定，我生活安逸，我还有什么感到不满足的呢？有人说，生活就是一杯白开水，放点儿盐，它就是咸的；放点儿糖，它就是甜的。现在想想，幸福真的就是一种感觉、一种心情呢。

屠格涅夫说：“幸福没有明天，也没有昨天，它不怀念过去，也不向往未来，它只有现在。”我们在追求幸福的过程中，没有必要去眺望幸福，去贪求幸福，因为它离我们并不遥远。只要你愿意低下头，弯下腰，带着欢喜的放大镜去寻找，它就在当下，它就在你的脚边——寻常的灯火，世俗的生活，每一个生活的低处，哪里没有幸福的笑脸在绽放呢？

幸福的生活，它始终在低处。不信，你低下头瞧瞧。

（《作文周刊》2014 年 9 月 3 日）

鸟粪压坏汽车的较真

美国小伙克莱顿·霍夫在推特网上留下了这样一句话："今天看到一只小鸟在smart车上便便，估计鸟粪把这车压坏了。"鸟粪怎么可能压坏汽车呢？这不是痴人说梦吗？浏览推特网的人无数，没有人和这句话较真，除了一个人。

这个人就是美国smart（精灵）汽车有限公司的市场营销部部长史蒂文。当他看到这句话时，先是莞尔一笑，继而陷入了沉思：鸟粪能压坏汽车吗？什么情况下鸟粪能压坏汽车呢？他没有急着回复，而是放下手上的工作，开始搜集关于鸟粪压力的资料，同时动手做实验来验证资料的真实性和科学性。

3个小时后，史蒂文再次登录推特网，正式回应克莱顿·霍夫的吐槽："一只鸟的鸟粪不太可能压坏一辆车，4500

万只差不多。”在回应的内容里，史蒂文还附上了一张能够压坏 smart 车外壳的鸟粪数量图表——鸽子 450 万只，火鸡 36 万只，鸵鸟 4.5 万只……

鸟粪压坏车？NO！这两条笑点十足的吐槽及回应在网络上迅速蔓延开来，不到半天点击量达到十几万。有人批评克莱顿·霍夫乱开玩笑，有人说史蒂文没有必要如此较真，但更多的人是夸赞史蒂文工作认真、态度严谨。

这件事就这样过去了？NO！史蒂文的较真成了各大网站的热门聊天话题，更是帮 smart 做了直观的抗压说明。11 月，smart 的销量增长了 15%，达到 54 万辆，是 2007 年以来 11 月的最高销量水平，是它 2004 年投产后 3 年的销售总和。

史蒂文凭借着一个为人所嗤笑的行为就能为公司带来业绩红利吗？当然不是，而是因为他较真的可爱，让人们也较起真来：一个人这样有责任感，对这样的笑话都刨根问底，那么他的公司产品还能不独领风骚吗？就这样，史蒂文凭借着连笑话都不放过的精神，把它演绎成了公司的品牌广告，可谓匠心独具。

贵州民族学院大三学生杨艾菁 2 月初想通过“以物易物”的方式用一对价值 200 元的银戒来为贫困山区的孩子换一栋教学楼。很多网友认为她是异想天开。是啊，200 元怎么可能会变成 30 万？

出乎意料的是，在短短的 23 天里，200 元就真的换来了 30 万。2 月 5 日，乌鲁木齐小伙刘堂堂用价值 3000 元的和田玉换走了银戒；2 月 15 日，上海女孩赵艺宁以一枚价值 11571 元的钻戒换走了和田玉；2 月 16 日，贵州籍演员周显欣捐赠了一枚同样价值的钻戒；2 月 20 日，上海一位匿名网友用 30 万元换走了这两枚钻戒。

“关于结局，我曾经想得最远的一次，是在我很老很老的时候仍然没有换到（教学楼），我就把物品托付给朋友，让他继续做下去。”读着这样的话，我相信许多人都会感到她的较真很可爱，这个世界上怎么还有这么痴的人呢？可是就是她的较真，让一对钻戒在短短 23 天的时间里童话般地实现了她的梦想。是她一个人在较真吗？当然不是。是她的可爱感动了我们，大家都较真了起来，她让我们看到了社会充盈了善良和信任。

英特尔总裁格洛夫有句名言：只有偏执狂才能生存。较真，你不一定能有多大成就，但是不较真，你将一事无成。成功的果实只会献给较真到底的人！种子较真，分开了头盖骨；小草较真，掀翻了石头；老鹰较真，翱翔在天宇……较真的你我，总是在生活中隐隐发光；较真的态度，总是让困境迎刃而解；较真的日子，使生命充满圆融和喜悦！我们只有拥有了可爱的较真才能活出亮丽的人生。

（《知识窗》2015 年 3 月）

无用之用是为大用

大方得体的服装让彭丽媛的优雅气质得以充分展现，赢得了人们的一致好评。国内外因此刮起了一场名为“丽媛style”的时尚风潮，而这些服装都来自于国内品牌“无用”。当“无用”万众瞩目时，它的创立者马可也走进了人们的视线。

杭州丝绸工学校毕业后，马可获得了“兄弟杯”国际青年服装设计师大赛的金奖，并受到多家知名服装企业的青睐。马可谢绝了他们的好意，到广州开始创建自己的品牌。国际顶尖服装品牌几近饱和，连水都难泼进。这样做无异于作茧自缚，不但不能产生经济效益，还会直接影响到个人的职业生涯。面对质疑，马可没有彷徨就一头钻了进去。10 年的打拼，“例外”的牌子响了起来。

这时，马可没有止步，又开始尝试着打造手工服装。她把手工缝制的衣服埋进土壤，利用麻布等材料来制造服装。这样的尝试什么时候才能创造经济价值呢？不但她的团队反对，连她的家人也劝她集中精力做大做强“例外”，不要做无用功。但是，她却听从来自心底的声音，坚决要将“无用”进行到底。

在她的坚持下，品牌“无用”立了起来，也等到了去年井喷式的爆发。

面对着记者的镜头，马可说：“眼前的有用和未来的价值往往不同，自己只想做一些眼前未必有用但以后会有用的事，将人们眼中的无用变成有用。”

这话说得精辟。庄子曾说，人皆知有用之用，而莫知无用之用。其实，世上的有用和无用是相对的，只是利用的方式不同罢了。同一种事物，在不同的人眼里，或者在不同的际遇里，往往会有不同的价值。

威廉·江恩读了几年书就辍学了。为了生计，他不得不到火车上卖报来贴补家用。但是，他却和别的报童不同。空闲的时候，别人去玩耍，去听歌，他却躲在车站的角落里看书。读书让他意识到金融市场蕴藏着财富。于是，他进入棉花期货市场做了几次交易，几乎是笔笔都赚。不久，他到俄克拉荷马做了经纪人。当别的经纪人忙着寻找客户以提高收入的时候，他却把美国有史以来的证券市场纪录收集起来，一头扎进去寻找数据里规律性的东西。当别的同事夜晚出入高级餐厅花天酒地的时候，没有收入的他只能躲在狭小的地下室里独自工作。看他如此迂腐，同事给他取了个外号“路芙根的大笨蛋”。

读书对卖报有什么用呢？研究数据对提高收入有什么用呢？这人也真“二”。但正是他创造了金融市场的神话。短短几年，他就在华尔街赚取了 5000 多万美元的利润。他的波浪理论至今还是金融领域从业人员必修的专业知识。

假如威廉没有经历穷困，假如威廉没有用心读书，假如威廉没有深研金融数据，他就不可能演绎创富神话，建立波浪理论，谁能说“无用”不能变成“大用”呢？

但是，现实却是让人恐慌的。教育就是一个典型。北大的钱理群教授在告别自己热爱的教育事业时发出感慨：“教育已经被实用主义所裹胁。知识的实用化，精神的无操守，这是一种教育本性的丧失、教育的堕落。”这虽然由学生的提问“你的鲁迅课对促进学生今后就业有什么作用”而发，但不也是对教育现状的深深忧虑吗？钱学森曾坦言：“一个有科学创新能力的人，不但要有科学知识，还要有文化艺术修养。没有这些是不行的。小时候父亲让我学理科，同时又让我去学绘画和音乐。我觉得艺术上的修养对我后来的科学工作很重要，它开拓了科学创新思维。”而今天，除了应付考试，我们还有什么呢？

再放眼社会，又有多少人迷失在“实现人生价值”“开发个人潜能”之类成功学的毒药里，又有多少人卷进一夜暴富的传销中，“年入百万”的培训班里……看着有用，就真的有用吗？恐怕只有那些被物质利益迷蒙了眼睛的人们才会固执地相信吧。

王国维曾言："庸讵知无用之用，有胜于有用之用者乎？"这个世界上有用的事物太多了，生活和人生本来就弥漫着氤氲般的形状，有质地，有弹性，而有用和无用只有在相互比较中才能显示自己的独特价值，我们怎么能够为了一个"有用"就放弃"无用"呢？

（《老人世界》2014 年第 7 期）

阳光打在父亲的手上

天晴了，阳光朗照着。绿树，红花，白云。当风而立，有一种振翅欲飞的感觉。这样的日子，回家，多美妙啊。

到家，门开着，没有人。后院的花红了，一朵朵散发着诱人的光泽，鲜艳欲滴。

后院不大，只有两分的光景，却被父亲栽上了桃子、杏子、橘子和苦柚之类。每个品种一两棵，用父亲的话说，就是种给我们吃的，求个放心。

前些天，父亲送了五六斤杏子来，说杏子酸，他不喜欢。我吃得心安理得。直到妹妹告诉我，今年只收了这一点儿，连母亲也没尝到一个，我才心有愧疚。我怎么糊涂到连喜欢吃杏的母亲都忘记了呢？

站在院子里，微风轻轻拂过我的脸颊，望着斑驳的树影，有一种微微的沉醉。这时，父亲从厕所里走了出来。他佝偻着腰，低着头，一头白发扎得人眼疼。我喊着父亲，他有些迟疑，好半天，才讷讷地说道："回来了。"他没有再说什么，又摸索着去系裤带。树荫下，一缕阳光落在他的手上，我的心一窒。灰白如石灰般干涩，暴突似树枝样枯瘦，没有光彩，没有活力，这还是我熟悉的那双手吗？

抹了一下眼睛，这次，我清晰地看到：父亲的手在不停地颤抖。"发什么愣？太阳晒，回屋。"他向我挥挥手，说话一如往日，手的动作却有些变形。阳光下，他手臂上的皮肤麻袋一样晃着，无力而空落。

今天，阳光打在父亲的手上，带给我的是透入心扉的痛；但是以前，它完全不是这样的啊。那时，它给予我的是什么呢？是温暖，是信心，是骄傲。

年少时候，家境贫寒，父亲靠在窑厂卖苦力来维持一家人的生计。进一天窑，晚上连床都爬不上，但只要有时间，他就要看一看我的作业，问一问我的学习。

一次，我数学在班上考了个倒数第二，一个人偷偷地哭了。中午，父亲问我考得怎么样，我撒谎说试卷没发。傍晚，我在香樟下订正试卷，却被他逮个正着。他没有说什么，坐下来，一题一题地教我。夕阳打在他的手上，他手上的皮肤红红的，亮亮的，肥厚而温润，就像上了蛤蜊油一样。虽然他没有抚摸我，但是那透过掌心的暖却深深地烙在了我的心底。

那年中考，我惨遭滑铁卢。父亲还是没说什么，就带着我去犁田。我不是用力太轻，没挖到泥，就是用力太猛，翻出了土。没犁几沟，就把我折腾得气喘吁吁。我气得一屁股坐到田塍上。他也不问我是不是累了，扶起犁就忙起来。阳光下，那犁在他手上就像活了一样，我就更恨自己，读书不行，连做事也不如人。

晚上，父亲摸着我的头，意味深长地说："犁田，都像你这样，一天就不用做事了。犁田，没窍门，熟能生巧。其实，天下事哪一个不是这样？"他的话还是这么少，但他宽大的手掌却让我找到了阳光般的希望和自信。

父亲的手也一直是我的骄傲。父亲只读过小学，却是村里少有的能人。他什么东西一看就会，而且做得光滑漂亮。看过两回剃头，他就能剃平头；看过两趟木工，他就能打桌子；看过两次造房，他就能盖角屋……打豆腐、做蚕豆酱、做麦芽糖更是不要说。

我最佩服的是父亲会对对子，会写毛笔字。每年过年写春联，周围几个村子，许多人找他写春联，而他总是一一应承下来。他写春联，我就帮他把写好的春联晾到地上。进进出出的人夸着父亲的字，说着我的懂事，我心里就像吃了蜜一样。看着乡亲对父亲的夸赞和敬仰，我梦想着也有父亲那样的一双手。

但是，今天，当再次与父亲的手在阳光下相遇的时候，我的眼泪却不由自主地落了下来。这曾经给了我许多美好的双手啊，我什么时候才能还你以一样的美好？

（《工人日报》2016年6月20日）

第三辑

享受生活——放大你的幸福

人生是一个苦乐相随的世界，但是只要我们心里充满阳光，那么即便是风雨交加的日子，也能感受到生活的快乐与甘甜。放下负累，放下奢望，冲淡痛苦，装饰生活，那么幸福就会像窗口吹来的风，时不时会探进头来，让我们眼前一亮。学会放下吧，你就能享受到生活的美。

放大你的幸福

下午，路过老贵小店的门口。他忽然跑出来拉住我，说是让我看一个东西。

他会有什么好东西呢？妻子病着，自己类风湿再也不能做重活。儿子虽然早就在养他们，但是打工的生活自己都艰难，还能给父母怎样的生活呢？他们老夫妻俩一块钱掰两半花，经常穿着别人周济的衣服，常常一两个星期都不买肉。

老贵摸索了半天，从屋里端出一本影集递给我。

“前几天，我去了一趟九华山。以前总是听人说，去了之后才知道九华山真的不错。水清，山秀，石奇，林深……要是能在那里生活该有多好啊。”他眉飞色舞地说着，似乎想要把自己所看到的一切都说给我听。

翻看着他的影集，我看到的是他在一个个景点的留影。

看不到他的灰暗和沮丧，展现出来的都是他一张张恬静而幸福的笑脸。

“凤凰松前的这张不错，光线、角度和对比都运用得恰到好处。要是做一个振翅欲飞的动作就更能表现出气氛和心情。”

“我是要做动作，儿子不同意，说是危险。你说，就去一次九华山还留个遗憾，是不是有些可惜。我家的那个小子……”他又絮絮叨叨地说了起来。

我本来只是随口一说，没想到却挑动了他那敏感的神经，滔滔不绝地讲着。他不像是在说遗憾，倒像是在夸耀自己的幸福。看着他热情洋溢的脸，我不禁被感染了，笼罩在心头的痛苦也一扫而空。

一段时间以来，我为母亲的病担心，为女儿的学业着急，为自己的工作苦恼，但是这一切和他比较起来有什么呢？母亲虽然病着，但是医生说只要注意调养，没有什么大的问题；女儿虽然退步了，但是她在努力，进步也是可期的；工作虽然让人纠结，但不是说矛盾是蓬勃发展的表现吗？

和老贵比较起来，我身体健康，走过了大半个中国；我住着一百多平方米的房子，一家人生活在一起；工作的报酬虽然不高，但是稳定有保障……我的哪个方面不比老贵要强呢？他能从简单平常的生活里找寻到幸福，我为什么就找不到呢？

他懂得满足，能够把生活中每一件幸福的小事串起来，并把它们放大，从而使自己的生活充满了阳光和快乐；而我却纠缠于无谓的琐事里，不愿意放下对生活的奢望，以致被阴霾遮住了视线，让自己欢喜不得。生活中的痛苦是一种必然的存在，我们有什么必要去强化这种意识呢？因此，我们应该忽略痛苦，淡化痛苦，让它成为生活中的一个背景。这样，当痛苦过去，它们就化成了记忆中的一道风景。生活中的幸福始终是细小的、琐碎的，稍不留意就会从手边跑过。因此，我们应该放大幸福，强化幸福，让它站成现实生活中的一道风景。可以说，放大幸福是一种积极的生活艺术，它能使生活中的快乐增值——放大幸福，生活就会倍加幸福。

放大幸福，你就不再认为自己是个不幸福的人了。今天，我做到了，你呢？

（《江淮晨刊》2014 年 5 月 14 日）

爱那个站在你身后的人

一个设计师，她的时装设计走进了米兰春夏时装周，在时装界声誉鹊起。但是他的老公普通，是一个小公司的职员。每天，男人为她做饭、煲汤、洗衣。她回家，他还为她放好洗脚水，给她捶背。

这样一个有才、有貌、有地位的女子怎么甘心嫁给一个只能骑着自行车上班的男人呢？有钱的来了，有权的来了，有势的也来了，但是她没有心动。她只是对着那些人淡淡地说："你如果能够给我煲一碗我爱喝的汤，给我放一盆温度正好的洗脚水，给我轻轻地梳一回头，这些事也许你能做一次，当你做一次的时候也许我也会感动。但你能一生做得到吗？他做得到。"

她知道自己虽然在事业上风生水起，但是其实还只是一个小女人，需要他的呵护和包容，她觉得这就是自己此生最大的幸福。

不久，一场灾祸更是验证了她对爱情的看法。婚后一直没生孩子的她被查出子宫病变，需要切除子宫。在那个艰难的日子里，她度日如年，吵着闹着固执地要离婚。她说不能拖累他，他家三代单传，她不能让他生活在绝望之中。而那个男人坚决不同意，他每天和她待在一起，和她一起回忆过去的时光，畅想美好的未来。他告诉她："你是我的唯一，没有孩子我们会爱得更真更深。有没有孩子并不重要，重要的是你在，我在，我们能够在一起。"

她哭了，她知道他是真心的，她没有看错他。现在，他们领养了一个女孩，一家人幸福地生活在一起。

她常常说，爱一个人就要爱他的全部。无论他是普通还是卑贱，爱从来没有什么高低之分，我们为什么要被别人的目光所左右呢？当他无私地站在你身后的时候，你更要回过身抱紧他。这样，你们才能笑对风雨、共度人生。

但是这个道理并不是人人都能懂得，许多人找到了爱却不知道珍惜，最终只能错过爱。

我的一个邻居，大学毕业后和同学结了婚。为了走出经济困境，他开了一家公司。有了钱之后，他第一时间和原配离了婚。尽管妻子求了又求、哭了又哭，但是始终改变不了他那固执的心。为了摆脱妻子，他带着新欢去了另一个城市。

也许是命运弄人，第二年他就遭遇了滑铁卢，赔得倾家荡产。新欢摇摇头离开了，只留下了身无分文的他。他想到了自杀，这时却接到了前妻的电话："你不能死。不是我想你，而是我的孩子不能没有爹。"

他哭了，哭得像个孩子——前妻已经结婚，他已经彻底失去了那个站在身后的人。

他和我们聊天的时候，还时常说起他的前妻。他说，前妻给了他第二次生命。在自己人生最灰暗的时候，她把他接回家，和丈夫一起安慰自己，给自己贷款，给自己拉项目，没有她就没有今天的自己。

这样的表达里除了感恩，没有了更多的内容，我们难道不能从他的话语里读出逝去的惆怅和落寞吗？

爱那个站在你身后的人吧！他（她）也许不能给你带来花前月下的甜蜜或者浓情蜜意的浪漫，但是平常的爱情里却有着风雨同舟的坚守和举案齐眉的和谐。夫妻的生活就在柴米油盐之中，它始终是浸润在一点一滴、一举手一投足的欢喜里。

所以，当有人愿意站在你身后时，请你抱紧他（她），好好去爱。

（《情感读本》2016 年 第 6 期）

聆听冬天的故乡

你能用声音串起冬天的故乡吗？文友在电话里给我出了一个难题。在声音的世界里，冬天的故乡是什么模样呢？我的思绪随着窗外的月光飘到了那个江南水乡小村。

记忆里，冬天的故乡是银白的、安静的。我们睡在舒适的稻草床上，喜欢一睡到天亮，但是总会被公鸡唤醒。那黄公鸡似乎不知道疲倦，天还没有亮，它就急不可耐地破空长啼，扰了我多少清梦啊。鸡叫了，母亲拨门闩的声音也响了起来。随着木门吱呀呀地被推开，一天的生活就开始了。

母亲最先关心的是她的那两头肥猪。起床第一件事就是烧猪食。那时，没有什么粮食，烧的一般是猪草或者是山芋藤。也许是这样的食料味道不错吧，随着母亲“啰啰啰”的召唤，接着就传来猪们大快朵颐的吞食声。父亲一般这个时候都是在给清缸挑水。水井在田地中间，有一段坑洼的土路。一担水挑起来，扁担颤颤悠悠的，发出有节奏的快乐颤音。

水缸灌满了，父亲就会打扫庭院，刺啦啦，刺啦啦，扫帚与落叶亲吻的声音是那么悦耳。不想却惊扰了树上的麻雀，它们在院子里起起落落，叽叽喳喳地叫着闹着，与扫地的声音应和着。

这时，母亲开始忙着烧早饭。火舌快乐地舔着锅底，偶尔还有竹子爆裂的声音。等到母亲的粥开始飘香的时候，她就会把我们从被窝里拉起来。“早起三光，晚起三慌”，母亲的教导，我们怎么能忘记？我们胡乱洗把脸，就捧着书在院子里读起来——拉长的音调就像在唱山歌。对于母亲这样的说法，我们是得意的，因为她不识字，只要知道我们读书就满足了。而一旦父亲进门，我们就得正襟危坐，字正腔圆地朗读——父亲是老师范生。即便不是，他的那张脸冷下来，我们也是不敢造次的。

早饭过后，母亲到塘堰洗衣服。这时，村子里就会响起有节奏的棒槌声。那声音响亮饱满，似乎连那枝头上的霜也被敲暖了——不然怎么一转眼，香樟上就只有亮亮的水痕了呢？父亲赶着耕牛下田去翻墒。牛儿也许是觉得寂寞，哞哞地叫着，挑逗得我们坐不住了，跟在后面去拣泥鳅、黄鳝。犁沟里泥鳅现身了，我们就叫着嚷着扑上去。这泥鳅却也不笨，一露头就溜，急得我们手忙脚乱头都撞到了一块儿。

白天，母亲除了去菜园，一般是不出门的。母亲做得一双好鞋，织得一手好毛衣，每天都有那大姑娘小媳妇上门来。

家里的几个火桶被她们霸占着，还你侬我侬地知知不休。她们说着笑着，我们怎么办呢？到稻场斗鸡，到野地逮兔……村子里，到处都是我们奔跑的身影，到处都是我们欢乐的笑声。

这时，乡村的小贩们次第登场了。“鸡内金换钢针，一个换三根。”货郎挑着货郎担子来了。那浑厚、悠长的吆喝声立即引来一群女人。她们围在货郎的身边，挑选着中意的小物件，唠着家长里短，那明净爽朗的笑声回荡在村子里。这边货郎才走，那边“磨剪子来戗菜刀”的吆喝声又响了起来；这边卖麦芽糖的才到，那边锔匠又来了……

冬天故乡的声音虽然简单，但并不单调；虽然琐碎，但并不沉闷，可以说是一种听觉上的享受。今天，当我回忆起那时那地的声音时，才发现那单纯而朴素的声音是多么的美妙动听，令人留恋——因为那里有充实的生活，有生命的律动，更有我快乐的童年。

（《思维与智慧》2015 年 9 月）

枕着月光入眠

月光如水，水月如天。我在水月之间，枕着月光入眠。

有多少时间，没有看到这样的水了？有多少时间，没有看到这样的月光了？父亲看着我，笑笑。星月之下，父亲的脸忽然生动了起来，就像那湖上泼洒的月光，沉静而温暖。

父亲一年到头守在这片湖上，就像农夫耕种在田野一样勤勤恳恳。父亲没有多少文化，却是村里的能人。养鱼没有学过，他琢磨琢磨，就能像模像样地养起鱼来，比那老手还老手；养猪没有学过，他掂量掂量，就能一本正经地看起猪来，比那专家还专家；建房没有学过，他捣鼓捣鼓，就能在岩石下搭出间二十多平方米的简易鱼棚来。他很会利用地势，借着突起的岩石，筑起左边和前面的山墙，房子就成了。鱼棚看着简陋，却是一个不可多得的好去处——冬暖夏凉，是城里那些房子所不及的。环境更是没得说。山上是蓊郁的树木，层层叠叠的，就像翻涌着的绿浪；门前就是浮光跃金的湖面和碧波万顷的田畴；左近，还有一条潺湲的小溪，淙淙铮铮，日夜欢歌。这样的世界，清新，清静，清纯，有什么能够和它相比拟的呢？

我到鱼棚已是黄昏，但里面还挤满了乡邻。他们怎么都跑到这里了？我打着招呼，走进屋里。他们并没有因为我的到来而离开，依然兴高采烈地唠着家常，说着一年的收成，追怀着过去的岁月。直到月上山冈，他们才渐渐地散去。

“他们跑到这里干什么？”

“来陪陪我不行吗？回来，这个看不惯，那个看不自在了？”父亲没有回答我的问题，却结结实实地扇了我一耳光。

我沉默了。离开了家乡，总是没有时间，回家的次数越来越少，到鱼棚的时间就更少了。望着佝偻着身子，满头银发的父亲，我还能说些什么呢？

儿时，鱼棚是我最眷恋的地方。这里有山楂，这里有野鸡，这里有肥鱼，这里还有一个肩膀宽阔的父亲。那时，只要时间允许，一放学我就钻来，缠着父亲上山去打野鸡，下湖去钓鱼。父亲是疼爱我的，就是没有收获，他也会变戏法似的满足我的胃。有父亲宠着，吃饱喝足之后，回家自然不是最紧要的。于是，我就赖在鱼棚里陪父亲过夜。父亲也不赶我，晚上总会生起一盆火给我取暖。就着暖暖的火光，他会给我讲嫦娥奔月、吴刚伐桂、朱元璋中秋起义之类的故事。夜深了，我就和父亲睡在柔软的稻草铺上，闻着那稻草的香味，人就会感到特别舒服和自在。

最难忘的是窗外如水的月光。月光泼在水面上，跳跃着金色，分不清哪里是月儿，哪里是鱼儿。也许是被这月儿鱼儿挑逗，激起了好奇心，这时，我常常会披衣起床，走到湖边凝望着水面，试图分辨出哪是月儿，哪是鱼儿。

“你怎么能分清鱼儿和月儿呢？还记得李白江中捉月的故事吗？你说李白是被月儿召唤，还是被鱼儿逗弄呢？”是啊，大诗人李白都分不清鱼儿月儿，我又怎么分得清呢？心下安然，重新躺下。这月儿也真奇怪，你躺下了，它却分明了。那月就像顽皮的孩子，逐浪而来，粼粼的微波，层层的涟漪。一睁开眼，蒙眬中，那月竟枕在我的颈下了。

晚上，父亲煮了鱼，烧了腊肉，我陪着他小酌了两杯。饭后，走出鱼棚，才发现月光如水。苍黑的群山，银亮的湖面，构成了一幅对比鲜明的画卷。清清的溪水，白白的茅草，点缀其间，又给这泼墨画点缀上丰富的色彩。如果只有这静静的画卷是不是太冷清了呢？当然不会。不信，你侧耳听一听：野鸡在呼朋引伴，老鸹在说寒道苦，麂子耐不住寂寞也会来上三两声……这样的一个世界，虽然没有了鱼儿戏水的画面，不也一样让人陶醉和眷恋吗？

再次躺到当年的那张床上，月光打进窗棂，照在对面的墙上，我却觉得有些不适意。这是为什么呢？一伸手摸到父亲如柴的腿，满是老茧的脚，我的心头不禁一紧。

月光什么时候才能再次枕着我入眠呢？我却再也睡不着了。

（《少年月刊》2016 年 7 月）

不要让眼睛老去

早晨，路过十字路口时，为了躲避飞驰而来的汽车，一个重心不稳，重重地摔倒在地上。爬起身来，才发现，西裤被撞破了一个口子，渗出殷红的鲜血；皮鞋的脚后跟与鞋身分开了，就像一张鳄鱼的嘴，朝我冷笑着。我悻悻地将鞋砸在地上，向四周瞄了瞄，没有发现补鞋的小摊。我无奈地坐了下来，望望灰色的天空。出来奔波两个多月了，却始终找不到一份称心的工作。每天，投递个人简历，参加面试，有时一天要跑几个地方，疲惫劳累，还要笑脸面对面试人员的白眼和嘲讽，整个人都要崩溃。回到租住的铁皮房子，父母似乎比我还要着急，劝道：“先要扎下根来，养活自己。工作可以以后慢慢找。”谁都知道填饱肚子重要，可是我也不能就这样把自己像垃圾一样处理了呀。好不容易通过了一家企业的文员面试，今天第一次上班就这样灰头土脸地去上班？不这样，有什么办法呢？我就只有这套西装还穿得出去，总不能第一天穿着休闲装上班吧。天上洒下了如丝般的细雨，街道笼上了一层雾。

我知道补鞋的汪师傅在工商银行的拐角处。好在也就两百来米，我懒懒地起身，拎着一只鞋子铲着前去。远远地，看见汪师傅低着头正给一只皮鞋钉鞋掌，长长的头发披散着很扎眼。

“怎么这样狼狈？”汪师傅明亮的眼睛一扫，眉头一皱，“你不是说今天上班吗？”我嘿嘿笑笑。

汪师傅三两下就将我的皮鞋缝得扎扎实实的。“汪师傅，多少钱？”我伸进口袋的手停住了，刚才出门的时候钱包落在了家里。

“要什么钱，”汪师傅挥挥手，似乎想起了什么，“你就这样去上班？这样吧，我那里有一套西服，你穿着去吧。”汪师傅一手撑着台阶站了起来，拄起拐杖朝自行车走去。

“真的，你有——”我心里掠过一丝惊喜。汪师傅虽然一米七五的身材，但干瘦得像一只老鱼鹰；而我尽管只有一米七左右，身材却有些不协调的臃肿。

我抢上前去，扶着自行车要带他。他一拨拉，说道：“你坐后面，我来。”右脚一摆，拐杖一撑，人轻巧地上了车。还真看不出他是一个左脚不便的人。

他的家，是个一楼一底的房子。门前是一个六七平方米的院落，堆着许多树桩子。他很快就从屋里拿出一套棕红色的新西服和一条天蓝色的领带。我推说回去换衣，穿着他的新衣总觉不妥，可是他坚持着。“人要衣裳马要鞍。小伙子精神多了。”当我洗了脸，换上衣，他端详着说。

我总算把工作抓在了自己的手中。一个星期之后，我渐渐适应了新的工作。这天，我把他的西服送到干洗店洗好，带上一点儿水果想谢谢他。汪师傅和我说来并不太熟悉。我只知道他小时候患过小儿麻痹症，后来虽然治好了，但却留下了终身残疾。他上过几年学，为了不拖累家人，学会了补鞋的手艺。因为残疾，到了三十多岁才和一个有些傻的老实姑娘结了婚。对于这一切，他似乎从没放在心里，每天都是乐呵呵的，爱说爱笑。一句平常的话到他嘴里，都会如开在夜空的烟花一样绚烂。因此，他的小摊前总是充满着欢声笑语。我只是在无聊或者烦闷的时候才去他的小摊上坐坐，消磨时光。还记得有一天他嘟囔着：“没有它，没法过；有了它，也不好过！”我当时以为他在抱怨自己的女人——那个胖胖的木讷寡言的傻妻。而他却哈哈大笑道：“我说的是信用卡。”逗得大家哄堂大笑。

大概有七点了，天渐渐暗下来。我来到他家的门前，看见他在搬院子里的树桩子。他抱起一块树桩，拄紧拐杖，右脚腾空，摇摇晃晃地进屋。宽宽的裤子在空中摆动，军绿色的胶鞋朝外拐着，消瘦的身体像干了的柴火，瑟瑟地微颤。他的妻子站在门前翻着白眼珠，呆呆地望着他傻笑。我跑过去，夺下树桩，扛在肩上。嗬，有些分量，足有三十多斤。“小章，来了。看你一脸喜气，工作定了？”“嗯。”我点点头，“柴火放哪儿？”“二楼。”他拎起一个树桩先进了屋。

等到爬上楼，我不禁愣住了：树桩子堆了满满的一屋子，横七竖八的。“这可不是柴火，是我的宝贝。”他摸着树桩子，眼睛发出异样的光彩，随手打开东边房间的门——根雕。房间里摆放着六七组根雕，姿态各异，栩栩如生：有从山巅劈空而起，凌云直上的“鹰击长空”；有巧用树的白皮和树心，展现雪后梅花怒放，鸟雀踏雪寻梅欢乐景象的“雪梅”；有意随其形，气势磅礴的“思想者”……端详着，抚摸着，不禁为之震撼。一个个巧夺天工的设计，妙不可言的命名，让人不敢相信这些竟然出自一个残疾人之手，需要花费多少的心血呀！

汪师傅看我呆呆的样子，乐呵呵地说，他自小喜欢各种各样的树根，总喜欢把它们带回家中捣鼓捣鼓，琢磨琢磨它们像什么，随心所欲地刻成自己喜欢的形象。后来，听说根雕也可以卖钱贴补家用，自己又喜欢，于是空闲的时候，就带着镐头上山去。看到自己合意的树桩子就挖下来，带回家。有一次上山遇到大雨，他扛着树桩又不忍丢下，结果滑下山坡，摔伤了腰，以后就很少去山里。也许是看到了我眼中的疑惑。他补充了一句：“现在都是山上的农民挖着送来，我给他们高出柴火两倍的价钱。许多农民都和我成了好朋友，他们都不要钱呢。”这我相信，以他的性格，他绝不会让别人吃亏的——就是平时补鞋一块两块的，有时他都不收。

我帮着将庭院中的树根搬上楼，他坚决要留我吃饭。饭间，他饮了两杯酒，榆树皮样苍白的脸上微微泛出红晕，话也多了起来。他说，他最爱读树根，每一个树根都是一个生命。几十年的风雨，根中结着树的魂魄。每天晚上有空的时候，他都会坐在二楼看看它们，摸摸它们，和它们聊聊，发现它们都有着不同的经历，有着不同的性格。他有时一坐就坐到半夜十二点。在他眼里，它们都是自己的知己，自己的兄弟。

他兴致勃勃地告诉我，他最喜欢的根雕是“风雨无阻”。我没有看出什么特别的：一个渔人穿着蓑衣，戴着斗笠，拄着竹杖——怎么看也和风雨无阻无关。苍鹰般锐利的眼里几乎喷出火来，他说这个根雕光读树根就花了他一年的时间，后来根据它的姿态、纹理和树皮的质地、颜色才确定下来。斗笠蓑衣是农家最常用的避雨挡风工具，这难道不是意味着人正在穿越风雨吗？深褐的主色调，下端开裂的竹杖不正象征着跋涉的艰辛吗？整个根雕不就喻示着人生风雨无阻，一路平安吗？我默默地点点头。他喝了一口酒，看了我一眼，不无得意地说：“‘风雨无阻’有人出价五千二，我都不卖。”

“你说我俩谁大？”没头没脑的一句，我才二十出头，汪师傅已经四十有余了，这还用说。他眼睛逼视着我，“小伙子，看着你的年龄比我小，实际你比我大。你每次到我的摊子前，都是两眼无神，一副没精神的样子。你注意到街道有哪些变化，有哪些让人心动的地方吗？”“变化，心动——”我咀嚼着他的话，似乎恍然明白——对他在我尴尬的时候主动借我西服，我深深地表达感谢。他却淡淡地挥挥手：“不要酸溜溜的，感什么谢。读树根和读人是一样的，我看你就是一个实诚的人才把衣服借给你。我其实观察了你不少时间了。你的眼睛老，没有光。我就怀疑你的心是不是也荒了。老去的眼睛里是没有希望的，小伙子，振作起来。其实这命运就像打牌，拿到好牌坏牌我们无法控制。好牌在手不一定就赢，坏牌在手也不一定就输。这牌局的输赢不就掌握在我们自己的手中吗？人生不也一样？只有有了一双年轻的眼睛，把握了命运，生活才会满是绿。”

当我离开他的家的时候，已经是晚上十点了。这时，街上已经是灯火通明。回望他的小屋，二楼又亮起了灯光。我似乎看见他正佝偻着背，眯着眼笑着读树根。“不要让眼睛老去，生活才会满是绿。”耳边回荡着汪师傅的话语，我抬起头，快步向家的地方走去。

（《金田》2012 年第 8 期）

棉花里的父亲

回家的时候，大门紧锁着，只有那条癞皮狗还在门前吐着舌头。我左右喊了几声，没有人应声，这人都去哪儿了呢？他们应该知道我回来呀，突然看到场院里如雪的棉花。难道是捡棉花去了？赶到大叔家一问，他说父亲去前山捡棉花去了。

我放下行李，扑向棉花地。正午的太阳火辣辣的，晒在身上毛毛刺刺的，像是有虫子在爬，十分不自在，还没走几步就汗流浃背了。空旷的田野里没有风，也没有一个人影。是啊，这样的毒日，谁不愿意窝在家里，躺在电扇下面？不知给父亲说过多少回：棉花少种点儿，有事情做就行。可是他却非要拉上十亩棉花，还说，自己动得，不要我们负担。“但是你也不要这样拼命哪。这样的日子都这样，那捡兴花的时候，你还不把自己整天都丢在地里？”

地里的棉花开得灿烂，红白相间，就像碧波上的点点银光，就像草地上的张张笑脸，那么惹人喜爱。都走到地头了，可是，怎么就看不见父亲呢？“爸爸，爸爸——”我大声地嚷起来。这时，我听到了父亲答应的声音。

我循声钻进棉田里。父亲正弓着背捡棉花，腰间系着蛇皮袋，鼓鼓囊囊的，每移动一步都显得吃力。两只手却不闲着，熟练地抓住盛开的棉花随手塞进袋里。父亲看着走近的我笑着，打着招呼。黢黑的脸上深深的皱纹颤抖着，白发凌乱地贴在额前，衣服就像从水里捞上来的一样，还结出了盐花。

阳光下，父亲的背影溅起凄惨的白光，坚硬而嶙峋——一种说不出来的酸楚涌上心头。父亲的一生都是在这片洁白的棉花中佝偻着前行的。一天天，一年年，他就像一个倔强的牧民看护着自己的羊群，就像一个固执的渔民守望着自己的鱼塘，不眠不休，不离不弃。父亲啊，父亲！

棉花，就是父亲的花朵，就是父亲的攒钱罐。父亲用自己最虔诚的跪拜来侍弄棉花——育秧，移苗，间苗，施肥，打药，锄草，每一个环节他都一丝不苟，就像培育着襁褓中的婴儿。那些岁月，父亲就是用自己坚定的脚步，羸弱的肩膀种下繁华的棉花，背起一家丰满的希望——我们的学费，过年的新衣，喷香的猪肉，还有久违的微笑。现在，我们都已经成家，他也应该停下奔跑的脚步，和我们一起分享这棉花一样舒适而温馨的生活。可是，山一样的父亲依然像一头倔强的老牛一样默默地守护着、坚持着。父亲啊，父亲！

一点多我们才回到家。父亲草草地扒了几口饭，就又坐到了簸箕前剥起棉花。也许是太疲劳了，还没一会儿，父亲就躺在棉花上睡着了——头枕着棉花一动不动地睡着了。他睡得是那么酣畅，睡得是那么沉静。

他侧着身子，躺在灰色的棉花壳上，头枕着雪白的棉花。头上银白的头发根根扎眼；一张脸就像皱缩的核桃沟壑纵横；青筋暴突的手就像枯树枝，上面是道道血口。看着日渐苍老的父亲，我真想摸一摸他粗糙的手，抚一抚他的白发，对着他的耳朵说说心里话，可是，他睡得那么沉，那么香，我又怕惊扰了他的清梦。

在棉花上静静地睡去，父亲的脸上露出淡淡笑意，粲然如盛开的棉花。他是看到了桃红李白的绚丽，还是闻到了油菜芝麻的浓香？是尝到了大米麦子的绵软，还是摸到了蚕茧棉花的和暖呢？我不知道，但是我知道，父亲一定在惦记着他的春种秋收，他的夏播冬藏，不然，他的笑里怎么会飘来丝丝的甜呢？

也许怕打扰了父亲，风顽皮地小跑来；也许怕惊醒了父亲，太阳躲进了云里。在这里，除了父亲均匀而舒畅的呼吸在轻轻地流淌，再也听不到一点儿声响。

这个世界仿佛成了一种永恒——因为有一朵厚实、热烈的棉花在我的心里霍然盛开。

（《思维与智慧》2013 年第 4 期）

老人和鸟

又看到了那个老人。

这是一个古怪的老人。他每天穿着灰色的衣服，手里端着一个碗，一动不动地坐在树林南面的几杆翠竹旁。花白的头发，饱经风霜的脸上沟壑纵横，没有什么表情。眼睛似乎也不怎么好使，浑浊中上了一层翳。他就像一截粗矮的树桩。

这些日子，由于体检时说“三高”，每天清晨的时候我都会爬爬烈士塔。烈士塔上植被茂密，浓荫匝地，而且远离城区，行人稀少，是天然的氧吧，对疲乏慵懒的身体恢复来说是益处多多的。第一天，沿着阶梯爬烈士塔。山风习习，雀鸣蝉唱，浮躁鼓荡的心渐渐平和宁静，有一种“采菊东篱下，悠然见南山”的悠然和自得。

烈士塔上晨练的老人很多，可是很少有人跑到这样空旷的地方来的。我好奇地远远地打量老人。他盘腿坐在广场一角，看上去像是在修炼气功吧，微闭着双眼，吞吐吸纳就像入定的老僧，仿佛有一种羽化而登仙的超尘脱俗。

突然，一只灰不溜秋的小鸟从草丛里钻出来，探头探脑的，“叽叽叽”地脆鸣着，转动着眼睛打量着，窥伺着。老人睁开眼睛瞄了瞄它，将手中的碗放低了一些，小鸟轻快地扑腾着翅膀落进碗里，埋头啄起食来。小家伙刨了几口，兴奋地唱起了歌儿，还不时咕噜着黑玉般的眼睛望着老人。老人安详地坐着，慈爱地抚摸着。小鸟也不躲避，低声呢喃着，似乎在和老人窃窃私语，享受着老人的亲昵。

这时，许多小鸟飞下树梢，跳到老人的跟前。老人欣喜地从碗里抓出米饭撒在地上。它们争抢着，啼叫着，嬉闹着。寂静的山林，因有了这些活泼的精灵而变得灵动有致。

进餐过后，小鸟们劲头更足了。它们在草地上追逐嬉戏，在花丛中奔突雀跃，在树叶间相向和鸣，它们似乎正在为老人表演一场盛大的音乐会。老人闭着眼睛，似在倾听，更似在欣赏回味。老人那花白的头发在朝阳下，那么鲜明夺目。

“扑——”碗中的小鸟从老人的手中滚落，翅膀耷拉着，踉踉跄跄的，显得笨拙费力。老人放下碗，将它握了起来，掀开它的翅膀。看来这个小东西是翅膀受伤了！老人欣慰地点了点小鸟的头，郑重地给它涂上药才放了下来。小东西也似乎通人性，钻进树林之前还对着老人发出一连串的欢唱。

老人目送着鸟儿们消失在繁密的枝叶间才离开烈士塔。

后来和老人熟识了，我才知道老人喂鸟已经多年。老人对于每一只小鸟都那么熟悉，什么“独腿将军”，什么“小淘气”，什么“花冠”，一个个他都能如数家珍，就像他的一个个孩子一样熟悉。无论是炎夏还是寒冬，他都坚持喂鸟。即便是大雪封山的日子，他也会在山顶扫出一块平地，呼唤着倒上小鸟喜欢吃的米粒和饼干之类，直到鸟儿们扑打着翅膀满意地飞去，他才安心地离去。

那些小鸟每天也都会像一群淘气的孩子一样等候着老人的到来，久久不愿离去。有时来得迟了，它们还会淘气地啁啾，或者干脆跳到肩头、碗中肆无忌惮地“劫掠”。也许在它们看来这是对他的一种不满的表示吧。老人却从中读出了情意，有时还故意拖延着才来，享受着小鸟们的那一份亲昵。

“嘿，这家伙。”我陪着老人投了几次食之后，这些家伙竟然翻了天，在我的肩膀上追逐了起来，还把我的肩膀当起了舞台！我皱起了眉头，老人却向我伸出了拇指，瞳仁里闪射出兴奋的光芒。我浮躁的心也变得平静，尽情地享受着这些小东西的率直无私的友谊。

（《新民晚报》2012 年 8 月 12 日）

猜猜我有多爱你

清晨，我赖在床上不起。你把早饭煮好，准备下地。不放心的你，还是跑到了楼上，将我从被窝里拉起，嘴里说着：“小懒猪，把早饭吃了再睡。不吃早饭伤胃。”我照例懒洋洋地伸伸懒腰，慢吞吞地穿衣。

或许，你不曾知道，我在雄鸡啼鸣的时候就已醒来，只是等待着你那熟悉的声音、熟悉的气息，甚至是你那抹宠溺的微笑。因为，在我，这才是清晨的第一缕温暖的阳光，我只有在假日里才能享受。

一放假，我就给你打了电话，说我要回家去陪你。你说，工作忙就不要回来了。但是我却不依不饶，我说想要吃你的卤鸭爪了，要你多准备些。你笑道：“好好好，小馋猫，我一定满足你。”

母亲七十岁了，还要为我这个儿子劳累，怎么想着都心里有愧，但是自己马上就能到家，洗鸭爪自然是不能让她去做的——她有类风湿，怎么能下冷水？有了这个机会，给她塞火，就能和她边做边聊，天伦之乐才是她应该享受的。告诉你一个秘密，我不喜欢鸭爪，但是母亲喜欢，却又自己舍不得买。

吃饭的时候，我依然挑挑拣拣，说这个不好吃，那个不爱吃。当看到你失望的眼神的时候，我低下头飞快地大吃几口，一副很享受的模样。我大快朵颐，只是逗你开心，而我的挑剔只是希望你多吃一点儿，好好爱惜自己的身体。

鳜鱼、木耳、羊肉都对类风湿有益，我不吃，舍不得浪费的你怎么舍得将这些精贵的食物倒掉呢？看到你一边说着我糟蹋钱，一边吃着鳜鱼，我好开心。今天，你竟然没有躲过我的小小伎俩。母亲，你知道吗？我的心底快乐地吹起哨子来了呢。

要走了，你习惯地又到菜园里去摘扁豆，拔萝卜，铲芫荽；到院子里去找橘子，下柿子，采苦柚；到楼上去拿盐炒芝麻、山粉、干菜豆。两个蛇皮袋装得鼓囊囊的，连拎起来都有些困难，你才放下。

你叫我把这些都带到城里去，但是我却不同意。你问我为什么，我说："我买的牛奶，你不喝；我买的脑白金，你不要；我买的阿胶，你不看；我为什么要听你的？买菜，我花自己的钱我乐意。"你急了，拎着我的耳朵就揪，说："还儿大不由娘了呢？今天你不带也得带。""我就不，除非我买来的东西，你都吃了下去，我才把它们带走。”或许你又看到了我儿时狡猾的样子，面对耍赖皮的我你答应了下来。

摸着有些发烧的耳朵，我却没有多少痛。看着你喝着香甜的牛奶，满是皱纹的脸绽开来，像一朵盛开的菊花一样，我的痛还能是痛吗？幸福满溢，有什么比你平安健康让我感觉更幸福的呢？

临走，你要开三轮车送我，我不同意，我要自己开，让你坐在我身边。你这次没有再坚持。

坐在车上，望着你，真的期望这段路没有尽头。母亲，你不知道，我多想天天和你在一起。这样，我就能天天感受到你手心的温暖，凝望到你佝偻的背影，触摸到你的呼吸。或许你不曾听见，我曾无数次地在心底默念：母亲，我爱你。

母亲，你猜猜我有多爱你。或许你不知道，但是回望你给予我的一切，我恍然发现自己再多的爱都抵不过你的万分之一。这辈子享受着你的宠溺，我祈祷，下辈子还要做你的宝宝，把这宠溺再温习。母亲，你说好吗？

（《东南早报》2016 年 12 月 8 日）

悠悠夏日恋恋风

盛夏季节总是火辣辣的，连风里都裹着烈烈火焰，抬头举手间就会大汗淋漓，人也成了夏眠动物，蜷缩在家中不愿意动弹。即便是计划好的事也是能拖则拖，心里还自我安慰着，歇一歇吧，明天或许就会下雨呢。

人慵懒地只想蜷缩在一个逼仄的空间里，享受着空调带来的丝丝清凉，什么也不做，什么也不想。兴致来了，就钻进电脑房，看几页书，敲几个字，浏览奥运新闻，欣赏世界风光。腻歪了，就呆坐在电扇下，任凭如潮的音乐吵醒昏睡的耳朵；抑或静卧竹榻，双眼微阖，感受电扇带来的湿热。

这样的日子，有什么不满足呢？没有惊喜，也没有怨怼，可立，可坐，可啸歌，可偃卧，安闲而自在，还有什么比这更快乐的呢？最得意的该是捧书咀嚼的时候，骋目萦怀，心骛八荒，看人间冷暖，悟世事人情，让心灵在旷野放歌，让思想在撞击中燃烧。这时，眼睛会变得澄澈透明，少了些许迷茫和混沌，多了些顿悟和开怀；心也会变得充实丰盈，少了些许烟尘和风沙，多了些流水和鲜花。水润过的心怀，风吻过的花树，能不美妙吗？

表哥从家乡来，说紫薇花开了，一团团一簇簇的，甚是繁华、热烈。真的，心思就这样被家乡的花花草草牵绊着，缠绕着。于是拉着他，一定要他多住几日。久不见，有着说不完的人情，讲不尽的风土，自然多的是一些追怀和感慨。一问一答间，散漫而无羁，似乎没有主题，却恍惚都是家乡的风味。沉淀在心中的事，遗忘在夏日的人，似乎没有了痕迹，如今被岁月的风沙洗濯得明丽而洁净，从心底泛起，渐次清晰——烈日下坐在田塍喝酒的辉林叔，赤膊挑稻的国奇叔，坐在车上唱着小调的二丫子，躺在过道里鼾声如雷的父亲……梦寐里，那些人物，那些场景，那些经历，海浪一般拍打着我的心房。说不出炎热，也说不得酸涩，似乎那个漫漫夏日有的只是宁静，有的只是欣喜——爬紫薇摘花，到河沿钓虾，到井口冲凉，去稻场扑流萤，踏月色夹黄鳝……

原本以为，那些童年，我只记得炎炎烈日，苦苦跋涉，应是满披着苦涩和艰辛，始料不及的是我却浑然忘却了那里的苦痛和艰难。如水的时光去了，竟然只留下一颗颗灿然如洗的珍珠，璀璨地遗落在记忆的风中。这些璀璨，甫一触摸，就纷至沓来，让我屏息，让我凝视，而不愿意张开眼睛去击碎那玻璃般的美好。

人们总爱说，时光如流水，逝去不可追。一摇，去了一个春，一晃，走了一个夏。岁月如风人易老。是啊，镜中的自己华发早生，容颜已老，再也没有了那些岁月的意气风发。但是，那些年月不是还没有老去吗？不然，我为什么能在那悠悠夏日、恋恋风尘中能够抚摸她的容颜，倾听她的呼吸呢？

这些滋味，我想，只有真正进入过、品尝过、经历过的人，才能体会得出，绝非几个简单的比喻、几段抒情的文字能够描摹。凝望着曾经的过去，面对着火热的夏日，我们有什么理由浑浑噩噩，我们有什么理由慵慵懒懒？岁月虽然让我们满面烟尘，但不也让我们增加了生命的厚度吗？岁月虽然让我们苍颜白发，但不也让我们刻下了思想的深度吗？我们有必要为夏的炎热而失去那片恋恋的风尘，那份悠悠的情怀吗？

夏日时光莫空度。点亮心灯，做好自己吧。坐起来，站起身，让我们一起走进悠悠夏日、恋恋风尘中去吧。

（《散文诗》2014 年 7 月）

好好睡觉，天天向上

一直以为身体是壮实的，每年体检就是血脂有些高。事实确也如此。白天上课，晚上赶稿，我从未累过。想想，白天被孩子包围，自己觉得年轻；晚上与文字为伍，自己身心愉悦。收入不高，但不也是一种美妙的生活吗？

去年下半年，女儿上了高中。为了陪女儿，我的作息时间开始与女儿同步。早上，随着女儿六点起床；晚上，随着女儿十二点入眠。这样的生活规律，对喜欢熬夜的我来说，还是适应的。就是要照顾女儿，写文章的思路没有那么流畅了，但是想想女儿高中也就三年的时光，牺牲一下也是值得的。女儿高中我能陪，一旦上了大学，想陪，恐怕连机会也没有了。心里这样想，但是稿费少了，还是有失落。

今年春天，忽然得到一个机会，替一个电视编剧做枪手，稿酬不菲——千字三百元。做编剧，以前有这样的梦想，现在机会在面前，我怎么能放过？接下了剧本之后，才发现编剧这个钱也是不好挣的。三天时间，必须要完成一集电视剧一万五千字的写作任务；四天时间，必须要将这集电视剧修改完成。三天完成一集电视剧的剧本写作，在有剧情的前提下，还不是什么难事，但是那个修改却是一个没有底线的折磨。一遍不行，两遍；两遍不行，三遍……一直要改到满意为止。也许是我的文字功底有限，写作没有觉得痛苦，但是那个修改却让我备受煎熬，有时为了一个场景要修改四五遍。

本来希望放下写作来专攻编剧，但是现在没有时间照顾女儿，还必须每天熬夜到凌晨，而早晨还要赶着去上课。一连十多天的忙碌，忽然觉得心虚气短起来。生平第一次感到体力不支，眼睛发花，心跳加速，连走路都是昏昏沉沉的，脚步也没有了以前的沉稳矫健，自己都感到走路有一种想要摔倒的感觉。我终于在四十五岁的时候知道了什么是力不从心，但是我一向倔强，就是不放弃对梦想的追逐。

那天起床，人不知怎么就栽倒了。妻子拉着我就往医院跑，说我脸色苍白，眼睛灰暗。我想摆脱妻子的手，眼前忽然就冒起金花来。到了医院一检查，医生说视神经官能症，主要是压力大所致，一定要注意休息。妻子不放心，又跑到市立医院找专家，专家说可能是抑郁症。对于专家，我一向没有什么好感，这次他这样说，我的心里就嗤之以鼻。但是妻子相信，还开了药带回了家。

我坚持认为自己没病，就是不吃药。妻子没有办法，但是她却私自把我写剧本的任务推掉了，并强迫我每天必须要在十点之前休息。

“钱是挣不完的，身体才是革命的本钱。我们如果能够多活十年，所有的损失都补回来了。如果连人都没有了，挣再多的钱又有什么价值。既然如此，我们有什么必要这样苦自己呢？”

一向喜欢抓钱的妻子忽然之间成了一个哲学家。想想妻子的话，也确实是这个道理——既然我只能挑五十斤担子，我干吗要挑一百斤呢？就是一根扁担，超重了都要断哪。

没有了编剧的压力，我的生活轻松了许多。那个周末，我整整睡了两天。起来之后，身体轻松了，精神也舒爽了。

从此之后，好好睡觉，天天向上成了我的座右铭。每天晚上陪女儿，我也会在女儿没有回家的时候钻进被窝里睡上一个多小时。醒来之后，我就开始构思新的文章。十点多，接回了女儿，我就边陪女儿边完成当天的写作计划。

这样坚持下来，我每天晚上竟也能完成一两千字的写作，而且发表的稿件质量高了，数量也多了。

“好好睡觉，天天向上”，现在成了我家说得最多的一句话。

（《石油管道报》2016 年 7 月 8 日）

知足常乐半称心

杭州灵隐寺有这样一副对联：人生哪能多如意，万事只求半称心。初遇这副对联，心底感到困惑：我们都祈祷着人生如意，万事称心，它却怎么说人生没有多如意，万事只求半称心呢？人生半称心，还能知足常乐？

看到一则寓言故事才对这个疑问豁然开朗。一个猎人进山狩猎，与一只黑熊相遇。这时，猎人只要举枪就能击毙黑熊。但是，当黑熊说如果要想获得完美的熊皮，就应该把枪口对着它的嘴巴，他就停住了。熊皮毛油光发亮让他陶醉了。黑熊把自己的嘴巴往枪口上放，猎人也顺其所为。结果，猎枪在黑熊嘴里移位、弯曲直至脱手，猎人在这场游戏中丧失了性命。

狩猎能打到一头熊就该满足了。如果不满足，还与熊谋皮，那只能是悲剧的结局。“机关算尽太聪明，反误了卿卿性命”，这个猎人的下场不就告诉我们一个道理：凡事有度，切不可恣情纵意，贪得无厌。

季羡林曾说：“每个人都争取一个完满的人生。然而自古至今，海内海外，一个百分之百完满的人生是没有的。”不称心是人生的一种常态，我们怎么能奢求十全十美呢？我们应该坦然面对人情冷暖，淡泊面对荣辱得失。这样，我们经历风雨时才能从容大度，豁达淡定。

白石老人是深谙其中况味的。在很长的时间里，他的画毁誉参半，有人认为他是百年难现的艺术大师，也有人责难他是挂羊头卖狗肉，但是白石老人却一概置之不理，听之任之。有人问他为什么，他只是以他的座右铭“人誉之一笑，人骂之一笑”以对。

人生天地间，必然会遇到不同的眼光。有人称赞，是对自己的肯定，“一笑”，笑出的是自信和从容；有人诋毁，是对自己的否定，“一笑”，笑出的是豁达和超脱。这“两笑”里是怎样的一种心态和智慧啊！荣辱糊涂一点儿，得失看开一点儿，胸襟宽广一点儿，心态平和一点儿，处在怎样的境地都能做到从容平和，无愧我心。

追求事业的过程中，毁誉是必然的存在，这时做到“半称心”不容易；但是事业到达巅峰时，还能“半称心”则是对人性的更严峻的挑战。

牛顿晚年对青年才俊的打压、海明威的自杀等现象就是因为他们看不到这一点。而晚清“第一中兴名臣”曾国藩就参透了这一点。在平定太平天国过程中，他手握重兵，权倾天下。当有人鼓噪着要他坐天下时，他毅然自裁湘军，功成自退。儿子对此不理解，他只是让儿子想一想自己的书斋为什么取名“求阙斋”。

“治生不求富，读书不求官，修德不求报，为文不求传，常求的境界是：花未全开月未圆。”曾国藩就是要告诉儿子，凡事只求半称心才是人生的圆满。如果当年曾国藩举兵，就有可能功败垂成，而选择退隐则给自己留足了转身的空间。他不就是这样给自己留下了一世英名吗？

心想事成，万事如意，这只是人们美好的祝福，是不能得到的自我安慰。如果凡事求完美，那么就必然陷入无端的痛苦和无奈之中；但如果凡事只求“半称心”，那么即便遭遇失败也能够从中找到幸福与快乐。就像杨绛说的：“得到了爱情未必拥有金钱，获得了金钱未必能拥有快乐，拥有快乐又未必能享受到健康，即便是拥有健康，也未必一切如愿以偿。”不贪婪，不强求，不攀比，明白自己的幸福，活出真实的自己，还有什么不能知足常乐的呢？

（《思维与智慧》2013 年 12 月上）

遇　见

车子穿梭在霓虹闪烁的大街上，我漫不经心地读着店铺的招牌。空气中弥漫着街灯的昏黄。嗓子痒起来，连声咳嗽，让人有一种窒息的感觉。胸口闷闷的，脸色苍白，望着后视镜中的自己，竟然有一种莫名的伤感。

人生几度春秋。想当年指点江山意气风发，如今疲于奔命，连慨叹时光也觉奢侈。我还是当年的自己吗？路灯迷离，在身后缀成奔跑的风景，而我却不愿回头。是怕自己会流泪吗？望望前路，也是一片迷雾。

医院里人不多，我排着队。突然，身后传来一声亲切的召唤 :“是章老师吗？你怎么在这里？”一位佝偻的老者向我招手，满是欣喜。颧骨突起，皮包骨头，没有想起是谁，心里却一阵嫌恶。也许没有看出我不耐烦，他拉着我的手，说：“不记得啦，瓦垄时我们住隔壁。你打碎了景泰蓝还没赔我呢？”

原来是赵老师。那时他是乡教委会计，精瘦，精神，来去风风火火的。我们住在隔壁，经常在一起乐和。那一回，他带回来几件景泰蓝。我迷上以鬼谷子为题材的那件，向他讨，花钱买，他都不答应。结果，不知怎么就摔碎了。当时，我坚持赔钱，他坚决不要，说：“我也没卖，收什么钱。”后来，我离开了瓦垄，算如今该有二十多年没有见了。

赵老师七十多了。他问我的家庭，问我的工作，问我的孩子。当得知我坏了嗓子的时候，他告诫我要注意休息，不要太辛苦。他自己就是一个例子。

赵老师那时身体强健，不论做什么事都抢在前头，是有名的“拼命三郎”。“年轻时似乎不觉得什么，老了什么问题都来了。这不贲门癌搅得人连坐都想不到啊。”望着老人，怅惘里裹着酸涩——这就是我的明天吗？我的明天就是这样吗？

回到家，忽然手机来了短信。打开一看，一条来自上海的陌生问候：“章老师，你好。你是一九九二年到一九九三年在桃源教语文的章老师吗？”是啊，她怎么知道呢？我离开桃源后再也没有回去过，也没有联系过任何一个人。再说，手机号都换了几个。上海我没有朋友，也没有亲人，这会是谁呢？

我抛出自己的疑惑。“我是汪老师村里的阮红啊。”哦，原来是她。那个梳着马尾辫、面容清秀、个子单薄的小姑娘——性格活泼，笑起来嘴角有两个小酒窝，还会露出两颗小虎牙。这是她给我的所有记忆。可是，回应却成了：那次背书没有背出来，手被打得最肿，哭得最凶的那个就是。我什么时候打过她，我怎么给她留下了这样糟糕的印象呢？

随后的交流变得自然而平静。她初中后就随她叔叔去了上海，再也很少回来了。那天上网时忽然想起了我，就百度了我的名字，结果找到了我的电话（看来这投稿也不坏，还可以拾起昨日的贝壳），发个短信，不想真的找着了。她的口音里早没有了家乡的味道，也许如她所说把家乡的根忘了吧。一天，我手机丢在家中。她发来信息："老师，你在哪儿？为什么不理我？呜——呜——呜——"读着她淘气而天真的文字，真为她年轻的心态而掬一张笑脸——一个已经三十二岁的人竟也有孩童般的率真。

没有期待，没有理由，我们就这样遇见了，满是轻松和惊喜。是什么让我沉醉、充实，只是因为和年轻人在一起吗？不是，而是她唤起了我三十二岁的记忆。备课，教书，自学考试，激扬文字……那时的我青春勃发，激情满怀，正在为着明天而打拼，而耕耘，那是怎样的一个年代啊。折叠的岁月落满烟尘，擦拭之后却是如此的纯净、闪亮，翻拣出的哪一个片段里没有温暖，没有感动？

这一天，我遇见了我的将来，也遇见了我的过去——为将来我感到惶恐，为过去我感到幸福。这样的遇见是幸抑或不幸，似乎是一个心结。"它是结吗？过去我没有虚度，未来我积极准备。惶恐有吗？叹息在吗？做好今天的自己就是送给明天的厚礼。”读着她的短信，我心释然：幸福不是给予，而是付出，作美自己，把遇见的每一个瞬间都融化为人生的一个音符。这音符有高亢，有低回，可是哪一个又不是人生不可缺少的节拍呢？这样的遇见怎么就不是人生的另一段幸福呢？

（《辽宁日报》2012 年 7 月 20 日）

生活即幸福

幸福是什么？女儿拿着作文本问我。幸福是什么，这个问题很抽象，它不像一棵树、一朵花，看得见摸得着，回答起来还真不容易。不好回答，但是不能不回答，怎么回答呢？今天是周末，我让她自己去寻找。女儿跑了出去，她寻找她的幸福去了。

幸福是什么呢？前一段时间，有一个事业有成的同学突然罹患白血病。我们跑去看她，他虚弱地躺在床上，笑着对我们说："还是你们幸福，能跑能跳，有一个健康的身体。"有一个健康的身体就是幸福，这是他以前没有过的看法。那时，他如日中天，意气风发，一颗头颅抬得高高的。他的脸上明白地写着：居高一呼，应者如云才是幸福。人真的是一只变色龙，幸福也会随着他的环境的不同有着不同的定义呢。

他真的就没有幸福了吗？这个答案自然是否定的。他有健在的双亲，有贤惠的妻子，有懂事的儿女，这不是幸福吗？他有能思考的大脑，有能奔跑的双腿，有能写字的双手，这不是幸福吗？他虽然失去了健康，但是现在大家都在为他寻找合适的配型，他还有康复的希望，这不是幸福吗？我们把这话说给他听，他微笑着说："是啊，是啊。有你们，这么多好同学，我更幸福。"

下楼，碰到蜗居在柴房里的那对夫妻。他们都在街上打着短工：女子做衣服，男子做装修。他们带着两个孩子读书，一家人挤在不到十五平方米的逼仄空间里。家具和日常用品杂乱无章地摆着，连落脚的地方都不容易找到，我真不知道他们平时是怎样跌跌撞撞地生活的。奇怪的是，他们并没有因为生活压抑而郁闷，他们脸上的阳光一如早晨的太阳一样灿烂。

早晨，孩子们吃早点；女子洗衣、洗菜，听着流行歌曲，嘴里还轻声地哼着；男子则捧着本《婚姻恋爱家庭》在看。傍晚，吃过晚饭，孩子们安静地写着作业；他们夫妇俩要不相依相伴地到小区里散步，要不就依偎在一起看无声的电视，满足而安然。雨天，他们跑到学校接孩子回家，一路有说有笑；晴天，他们抱着被子找阳光晾晒，一身轻松明媚。

他们应该是属于社会的底层——没有自己的房子，没有什么金钱，也没有竞争的资本。但他们没有怨天尤人，只是默默地生活在一个被人遗忘的角落，安静地过着自己的生活。虽然来来往往的人无暇看他们一眼，但是谁又能说他们不幸福呢？

幸福是什么？古希腊人推崇强健，他们认为，拥有健康的灵魂和强壮的体魄是幸福；文艺复兴时期，他们认为，幸福不是别的，生命本身就是珍贵的幸福。彼德拉克说："我是凡人，我只要求凡人的幸福。"……在这些关于幸福的思考中，我最喜欢列夫·托尔斯泰的那句话："有生活的时候就有幸福。任何人活着都只为了生活得好，为了自己的幸福。如果感受不到对幸福的渴望，他就不会感到自己是一个活着的人；没有幸福的欲望，人就无法生存。"

生活中，哪里会没有幸福呢？和几个志同道合的友人谈天论地是幸福；陪着妻子没有负累地去郊游登山是幸福；夜深人静专注于阅读写作是幸福……生活因幸福而美好，幸福因生活而充实。有生活的人生才是幸福的人生啊。

"爸爸，爸爸，我找到了幸福。"女儿嚷嚷着冲进来。"哪里呢？"她快乐地打开手机，这时我看到：阳光下，带着露珠的花朵；屋檐边，坐在蛛网里的蜘蛛；草地上，互相嬉戏打闹的小狗……"对，这就是幸福。"我认真地对告诉女儿。

（《德江报》2017 年 2 月 23 日）

清明，我给爷爷点支烟

爷爷生前是个木匠。从打我记事时起，他就烟不离手，一天两包是雷打不动的。用奶奶的话说，他是把烟当饭的人。奶奶的话对爷爷没有多少约束力——爷爷是上门活，哪天没烟呢？更何况，奶奶要面子，每次爷爷出门，她都会往爷爷的袋里塞点儿钱——出门在外，寒碜狠了，人家瞧不起。因此，就是到了晚年，爷爷支气管炎发作，日夜地咳，他也没能把烟戒掉。

其实，爷爷是知道吸烟有害的。记得上学的时候，有同学说我胆小，连爷爷一根烟都不敢拿。我否认道："我胆小？有没有弄错，我可是爷爷的心尖子，你们什么时候看到爷爷向我伸过手指头。"我偷偷地摸回家，趁爷爷低头干活的当儿，抓起一包烟就跑。小伙伴看到了，都夸我够胆识，说他们平时看到爷爷酱紫色的脸都心里发毛呢。

也许是被吹晕了，我和小伙伴竟躲在草垛后面吞云吐雾起来。第一次抽烟辣了喉咙，我们大声地咳嗽起来。这一咳可不得了——把爷爷这尊神惊动了。

被爷爷逮了个现行，我还笑着问爷爷什么事，却不料，他一上来就给了我俩“板栗”。那真的是钻心般的痛啊，我当场就哇哇地号哭起来。我本以为，爷爷会饶过我，而爷爷却无情地数落了我半个多钟头。从那以后，我知道了爷爷的厉害，再也不敢吸烟了。

那年，我考师范，分数不够，老师说我可以走自费的路子——只要交一万元钱，就能去师范读书，出来包分配。一万元，做个房子也只要两三万呢，这书读了还不知道有没有用。父母的态度很明朗，那就是不念了，回家陪他们种地。

“这是一个好机会啊！别人分数低了，找人都找不到。你们现在还说这样的话，难不成你们真望娃儿像你们一样，面朝黄土背朝天吗？这个钱我出了。”

爷爷的表态一锤定音。我顺利地进了师范，但是家里却借下了一屁股债。这些债猴年马月才能还得清呢？父母唠叨着，爷爷听到了，说主意是自己拿的，就从自己做起，这烟他把它戒了。

那么多年的烟瘾，能说戒就戒了。唉，他还真有自己的办法。纸烟吸不起了，他就自己种起了烟叶。烟叶晒干之后，他就用麻绳把它们串起来，放在屋梁上。每当烟瘾发作的时候，他就取下烟叶，在太阳下暴晒一下，去掉经络，揉碎，搓成细末儿，用废报纸卷起来就抽上几口。这样的烟怎么能抽呢，爷爷常常被呛得直咳嗽，但是看到我，他却眯着眼睛，装出一副云淡风轻的样子。

毕业之后，拿到第一个月的薪水，我就毫不犹豫地给爷爷买了一条带过滤嘴的“阿诗玛”。爷爷问这要多少钱。奶奶说：“这是你孙子孝敬你的，再多的钱也比不上那份心呢！”爷爷把烟送到鼻子底下，眯着眼睛闻着，一副很满足的模样。这烟其实爷爷没有抽几根，都是散给乡亲们抽了。每次散烟的时候，爷爷都反复强调这烟是他孙子买的，似乎他孙子给他买包烟是多大的事情似的。这是父亲事后向我转述的，但我能听出爷爷的那份心情。

忽然一天，我接到父亲的电话，说爷爷病危。当我匆匆地赶回家的时候，爷爷已经去了，只有烟灰缸里还残留着爷爷抽过的半根烟头……我的眼泪夺眶而出。

而今，爷爷故去已有十多年了。每次清明回乡，我总要到爷爷的坟前陪他坐一坐，默默地给他点上一支香烟，而那过去的时光在烟雾里立起来，成了坟前柏树一样的风景……

（《法制文萃报》2017 年 4 月 2 日）

幸福都是一样的

生活中，我们喜欢谈论幸福，似乎有了它，生活就充满了阳光。其实，幸福都是一样的，它并不会因为你富有而偏袒，也不会因为你贫穷而遗忘。生活中，只要我们留心，到都处有幸福的火花在闪烁。

姑姑病重住院，我赶去看望。看到我，她眼里闪着光，努力地想爬起来。我依着床沿坐下，用手按住了她。

从姑姑的话中，我知道她比之前好了许多。由于姑姑太重，这些天都是姑姑入赘的女婿在照料——搬上搬下，倒屎倒尿，视姑姑如母亲，不嫌脏不嫌累，也真难得。姑姑说，自己的病治不好，想回去，但是孩子们不同意，坚持说不好彻底不回家。说这些话的时候，姑姑显得轻松愉快，完全不像一个病人。

病房里还有一对安静的农村夫妇——妻子乳腺癌正化疗。那对夫妇床头上除了一两个碗碟什么也没有。这家人生活应该比较困顿吧，不然，怎么可能什么补品都没有呢？我心下揣度着。

姑姑累了，闭上眼安静地休息，我拿出手机来打发时间，突然耳边传来窃窃私语。一抬头，是那对夫妻。“这些天辛苦你了。要不，我不治了，回家吧。”妻子手指划过丈夫的眉毛，柔声地说。“别傻了，医生说没什么大问题。只要你有信心，我们就有希望。等你好了，什么事也不要做。只要你坐在家里，我心里就踏实。”丈夫紧紧地攥着她的手，怕她飞了似的，认真地说，“来，我给你洗洗脚活活血。”丈夫打来一盆热水，拿起毛巾，仔细地给妻子洗起来，目光坚定而温柔。丈夫偶尔一抬头，目光一碰，什么也没有说，俩人的眼角眉梢就泛起笑意来。

都说贫贱夫妻百事哀，这话其实是没有多少道理的。艰难的生活是给他们带来太多的磨难，但是从幸福的感受这一点而言，他们并不比别人少，有时或许比别人来得更真切更纯粹呢。在热气升腾的氤氲里，我似乎听到有人在朗诵“愿得一人心，白首不相离”的诗句。

走廊里忽然传来孩子的声音，脚步轻快地跑向病房。是姑姑二女、三女的孩子，小薇和小勇。“婆婆——”孩子的到来打破了病房的宁静。“你们怎么来了？”姑姑笑着问他们。“想你呀。婆婆你什么时候陪我捉小松鼠？”淘气的小勇拽着姑姑的手说。小薇对他“嘘”了一声，叫他小声些。原来，两个孩子想婆婆，趁着星期天来看她——多有孝心的孩子啊。

从医院回来，到小区门口，又遇到了经常见到的那个中年妇女。因为小儿麻痹症，她要依靠轮椅进出。我们都为她担心，但是她却并没有放在心上，开了一爿鲜花店，找了一个手有些残疾的丈夫。每天从她的店门口经过，都能听到她的歌声。前些日子，她还开了微信，在上面晒起了自己的生活。“他晒被子，拴不住晒衣绳，我唠叨。他笑：天塌下来高个儿顶着，砸不着你。我给了他一拳。”……艰苦的生活里，轻松幽默，满溢着脉脉温情，谁能说他们没有金色的幸福呢？

因此，我说，幸福都是一样的，因为它从不亏待任何人。无论是山珍海味还是粗茶淡饭，无论是富丽堂皇还是茅檐低小，只要我们用爱的目光去寻找，我们就能从中咀嚼出幸福的滋味。既如此，我们还有什么必要纠结于幸福难觅的怅惘之中呢？打开爱的心房，接受爱的洗礼，那么幸福就会细水长流在我们的身边。

（《天津日报》2017 年 1 月 12 日）

倾听流逝在春光里的声音

一夜春风遍地花。春天一来，到处都鼓荡着、招摇着、呐喊着。春天就像一个顽皮的孩子，不让你看到自己的好它就不罢休：哪里都有新芽，哪里都是绿叶，哪里都有鲜花。这样的世界，没有谁不欢呼雀跃，没有谁不癫狂沉醉。行走在家乡的小路上，我恍然又听到了流逝在童年春光里的声音。

家在菜花深处，学校也在菜花深处。一到春天，漫山遍野都是菜花。遍地流金灼日月，一点小村卧花心。每天穿行其中，花香如水，有蜜蜂、蝴蝶相依相伴，还有云雀快乐地啼啭。这就是人间仙境啊，我都醉了——这是诗人、画家的慨叹，而孩子从来只有三分钟热度。不到三五天，腻歪了，我们就逮蜜蜂、扑蝴蝶、追云雀……什么新鲜，就玩什么。

那天，大概是星期五下午放学，小勇拿着一根木槿条刷起油菜薹来。一个挥舞，一根油菜薹就飞了起来。油菜薹就像得了命令似的，纷纷离开枝头，跳起舞来。这多好玩啊。我们每个人从篱笆上削一根木槿条，从学校门口一直疯到了家。

晚上，我正睡得迷迷糊糊的，却被父亲拧着耳朵拎了起来。我捧着耳朵嚷着：“为什么揪我耳朵？”父亲一记响亮的耳光就扇到了脸上。一巴掌，把睡眼蒙眬的我打清醒了。堂屋里，昏黄的灯光下站着胡老师和王大伯，他们的手里还有油菜薹。这还要什么解释呢？

王大伯看到地上的油菜薹，就知道是我们干的。那一地的油菜薹，要损失多少收成啊。他连夜找到学校。老师都回家了，他又找到了胡老师家。因为担心我们上学的时候又犯浑，他们找到了我们家。“你还是农民的儿子吗？”父亲对着我嚷着，藤条像雨一样落下来。我后悔了，站在那里一动不动，任凭父亲打骂。最后，还是胡老师帮我解了围。但是从那以后，我再也没有动过一根油菜薹。

那时，农村都是土砖房。一到春天，土蜂就在墙上嘤嘤嗡嗡地飞，寻找着自己中意的地方打洞做窝。土蜂这小小的东西，没有尖利的牙齿和爪子，它怎么就能掏出那浑圆的小洞呢？我们带着好奇，带着青霉素药瓶去掏土蜂。拿一根细竹丝，伸进洞里搅动，土蜂扛不住了，就会嘤嘤嗡嗡地往外爬。到了洞口，本来想着飞走，却被斜扣在洞口的药瓶罩住了。

土蜂，我们一掏就是三五只。土蜂是不甘心被囚的。它们在瓶底爬着，还没爬一点儿就滑落下来。它们有时也叠罗汉，顶上的土蜂能摸到软皮塞，但是坚持不了一两分钟就倒成一球。它们就这样在瓶里争着，撞着，不到一个小时身上就湿透了，连翅膀也是湿的。这时，你要是把它们倒下来，它们是飞不起来的，只在地上爬着，发出带有哭腔的嗡嗡声。它们那可怜的样子看着让人心痛，而我们却乐此不疲，真的有些残忍——土蜂为了自由，拼劲了全力才这样的啊。

和刷油菜薹、掏土蜂比较起来，割水芹就有价值得多。父亲忙着做田，我们就到河沟里割水芹。

水芹似乎从来没有什么要求，只要有水它就能生长。到河沟边一望，青绿碧翠，亭亭玉立，一大蓬一大蓬的都是水芹。我们拎着篮子，叫嚣着冲上前去，舞起镰刀，几个起落就能装满一篮。

水芹那时一般用来喂猪，但是母亲有时也会用它来炖鲤鱼。鲤鱼煎至金黄，加水烧至半熟，再放进水芹炖至熟透。这时，我总喜欢猴在厨房里听着锅里的鱼儿和水芹咕噜噜地唱起咏叹调。母亲知道我爱吃，从不赶我，最多是刮刮我的鼻子说我不羞。鱼因芹的清淡愈加鲜美，芹因鱼的甜腥少了清苦，这样美妙的搭配哪里能找到呢？

又是一年春天到。走在故乡的小路上，早已远去的一切似乎又回到了眼前。很久很久，我都不愿意从那迷人的春光里醒来。

（《池州日报》2016 年 3 月 17 日）

天使的眼睛

又要交照片，这照片从参加工作就一直在交，有多少意义呢？除了换来一些没有多少价值的本本，还有什么留下的？翻箱倒柜地找了许久，总算从抽屉里摸出两张二寸的。跑到学校，人还真不少，看来只有等了。小汪抱着自己的儿子一摇一晃地来了。小家伙出生我还没有看过呢。我扒开襁褓，想看看他肥嘟嘟的笑脸。

喃，小家伙不怕生，正歪着头盯着我看，呵呵地笑着，那样子似乎在为自己被发现而快乐。让我震撼的是他的眼睛：湖水一样清澈明亮，不含一丝尘杂，就像刚被雨水洗过一样光洁水润。这是怎样新鲜的眼睛哪！天真无邪，纯净透明，我们昨天就是用这样的一双圣洁的眼睛来探访人生的吗？望着镜中的自己，看到的却是满面的烟尘，晦暗的眼神，哪里还有昨天的背影？

“呀，古老师年轻时也是个美女吗？”小陈惊叫起来，那夸张的表情让人怀疑她说的是不是真的——古老师这个臃肿的大妈，头发发黄，皮肤起皱，眼翳层层，看去不让人恶心都算对得起观众了。凑上前一看，毕业证上的小姑娘还真是一个美女：乌黑的头发，红润的皮肤，那双眼睛湖水一样明朗阳光，充满了青春的朝气——这哪里还有古老师的满面风霜，一地《忐忑》？“怎么？怀疑不是我？你看好了，当年这可是一中一枝花。”看着古老师那骄傲的神情，我不得不喟叹时光弄人——有多少的精致和美妙在风霜中逝去了，让我们想去追都来不及了，不让人感到遗憾和无奈吗？

回家的路上，我的眼前还不断浮现小汪的孩子的眼睛：清亮如泉水，荡漾着水波；莹亮如水晶，流转着阳光。他是在快乐吗？他是在得意吗？……我从他的眼睛里读出了什么？我想，在他的眼里看到的都是快乐、阳光、真诚、幸福，绝没有自负、胆怯、阴冷、虚伪之类的字眼，因为这就是天使的眼睛，岂能容许黯淡浑浊的暗流玷污？

我又碰到了那个随着捡破烂老头生活的晓雯。她正在“呀呀”叫着追一只大山雀。那山雀非常惹人喜爱：灰绿色的羽毛，头部正中是黑的，两侧却是白的，肚子也是白里夹着黑色宽纹。那鸟儿似乎和她开玩笑，停一下，飞起来，忽而又落到她的面前。小家伙嘴里咕噜着，脚下奔跑着，眼睛里满溢着羡慕和欣喜，无邪而纯净。我忽地高兴起来，抱起她去追。一声汽车喇叭，鸟儿飞走了。孩子渴求的眼神一直看我，但我是追不上那只鸟儿的。她倚在树上，眼睛一眨不眨，小嘴微微张着，轻轻翕动，身旁的花圃上一枝热闹的紫薇伸入镜头。这时，我们哪里能看得出她是一个智障的儿童——明镜似的眼睛映射着蓝天白云，映射着所有的美好，不正在给我以爱的给养吗？

纯净才能纯粹，纯粹才能高尚。孩子的一生有多少次这样的眼神呢？我们不知道，但是我们却可以从中读出它的圣洁和清澈。我们现在早已没有了孩子的眼睛似的清澈，就像古老师没有了昨日的魅力一样，但是我们不也可以有他们那水晶般的圣洁吗？只要我们不气馁，不放弃，天使般的圣洁就会永驻我心——抱抱孩子，凝视他们的眼睛，和他们同呼吸，同欢乐，那么你的心里就会有清澈的溪流在涌动，在奔泻……

种在心底的花

楼下，桂花开败了，鸡冠花却开得热闹，让人感到秋的火热和奔放。凝神驻足，心底涌起一阵暖流。寻找那扇门，门依然紧锁着，只有满天星在与阳光挑逗，顽皮地抛着魅惑的眼。我的眼前似乎又出现了那位鹤发童颜的老人——他一面拎着喷壶给满天星浇水，一面爽朗地邀我到屋里坐坐。

老人是一个陪孙子读书的乡下农民，姓李，我们喊他“李老”。他搬来的时候就租了这间对着大路的不到十平方米的柴房，里面只有一张床、一张桌子、一把椅子和一个锅灶。他和孙子小军住着转身都困难。这样的斗室逼仄而压抑，就是正常人也会被逼疯——我就亲眼看见小军对着李老吼叫——受不了，要回家。老人却满足地说：“有的住就不错了，还挑剔什么。有本事你自己奔去。”我不知道他们争吵的结果如何，但是祖孙俩却安顿下来。小军上学，李老除了去菜市场就在门前晒太阳或者听收音机。

不知从哪天起，老人忽然忙碌地栽起花木来。一个旧板箱里栽上玉兰，一个破桶里种上桂花，还有迎春花、梅花、吊兰、菊花……“枝间新绿一重重，小蕾深藏数点红”，那个平常的角落有了花就枝叶扶疏，春意盎然了——迎春花和金银花还爬满了小小的窗棂。春天不必说，就是隆冬也热闹。一簇迎春开了，淡黄色的小花，素雅清新，玉琢雪塑般悦目；梅花则灿若燃烧的火焰，热烈奔放，让人精神振奋——暗香浮动中香气盈怀，让人不忍离去。小屋靠近大路，有了它们，坐在门前却是那么的祥和、宁静，似乎连呼吸都带着纯净而舒心的甜。

养花几乎成了李老生活的全部。每天上班、下班，我都能看到他把一盆盆的花从路的这边搬到路的那边，追着太阳跑，傍晚又把一盆盆的花搬到窗台前面。下雨了，李老又将喜雨的花儿从窗台下搬到路边。平常的日子里总是看见老人拿着小铲子给花松土或者拿着喷壶给花浇水。老人的脸上写满了岁月的沧桑，可是那双眼睛始终带着孩子般的欣喜和满足，在夕阳的映照下就像一株盛开的秋海棠。

小区因为有了老人的存在而变得灵动起来，人们有事没事都喜欢跑去站一站，坐一坐。我工作再忙，心情再烦，一看到老人忙碌的身影和含笑的花朵，心里就会平静下来。

一个冬日，寒风凛冽。又看到老人在忙着浇花，我抛出了心底的困惑：“种这么多花，也不能换钱，为什么还要种呢？”

老人看了看我，郑重其事地说：“寂寞的日子，种花，我感到快乐充实。这不也给看花的人带去了快乐吗？心里有花，还有谁会不感到生命的可爱呢？还有谁不愿意歇一歇脚步享受生活呢？”

是啊，种花为什么要问为什么呢？它不就是一座彩虹桥吗？老人把花种在自己的心里，通过它把自己和社会联系起来，既美化了环境又享受到了丰富而满足的生活。老人把花种到了人们的心里，我们通过它把自己和花朵联系起来，愉悦了身心，体验到了宁静而斑斓的生活。老人用他的善良和无私给我们编织了一个心灵的花园，在这里，还有谁会感受不到鲜花的美丽，还有谁会听不到花开的声音呢？有了他，有了他的花，我们的生活不也变得多姿多彩了吗？

在心中种花，眼里的世界才会变得明亮；心里种了花，眼里的世界才会灿烂如花。现在，李老已经回到了故乡，而他却把花留在了小区里。每一个租客都自觉地侍弄着那些平常的花草，我们也自觉不自觉地跑去看护它们。至今，那里的花草依然繁盛，依然芬芳。

（《现代养生》2013 年第 13 期）

带着诗意生活

师范毕业三十年的聚会，我恍然发现大家都老了——一脸沧桑，鬓发如银。时光真是催人老啊。

“你还以为自己年轻？背都弯成一张弓了。少写点儿文章了，不要把自己逼得没有退路。”

“真不明白，你怎么到现在还这样有激情，还能写那么多的文章。生活真的枯燥，没有一点儿波澜。上班，下班，看看电视，读读书，哪里都没有味道。有时候，站在窗前，看着孩子发呆，就想着我怎么就老了呢？”

“当年，在寝室里，我们不还指着江山，渴望建设国家吗？不还梦想着仗剑走天涯，看尽世间繁华吗？有哪一个梦我们实现了呢？什么都成了一场空。每天满面灰尘，眼睛里有的只是灰暗和死寂，不能提起一点儿生活的热情。”

同学的感叹一下子击中了我。是啊，当年的我们少年心事可拿云，编织了多少美丽的梦想。那时的我们是多么的意气风发。而今，梦想褪色，我们回到了现实的生活之中。蜗居在小城一隅，每天走着既定的方向，如蜉蝣飘于海上，没有人知道，也没有人注意。

这样的生活或许有人感到厌烦，感到绝望，但在我却以为是一种诗意的生活。非常喜欢海子的那首《面朝大海，春暖花开》——“从明天起，做一个幸福的人 / 喂马，劈柴，周游世界 / 从明天起，关心粮食和蔬菜 / 我有一所房子 / 面朝大海，春暖花开。”简单的生活，乐观的心态，在哪里不都是一种幸福吗？平淡的生活里，看云卷云舒，听风吟雨诵，赏春花，品秋果……浪漫的情怀里，就是落叶也使人陶醉，就是新月也让人回味。

生活里是从来不缺乏诗意的，关键在于我们用怎样的心态面对生活。生活是一块磨刀石，它能够磨钝我们的神经，使我们的眼睛失去光泽而倍感孤独。有一个同学，因为不善交际而宁愿过着与人隔绝的生活。他总是说自己比不上一只麻雀，麻雀尚且有吟风吸露的洒脱，而自己除了为生活奔波，什么都没有了。

生活真的就这样让人感觉消极吗？绝对不是。生活这块磨刀石，谁都必须磨，关键看你怎么磨。《道德经》有言：“知足不辱，知耻不殆，可为长久。”无论在怎样的境况下，生活都有着庸常和不凡的一面，我们为什么总是不知足，把眼睛始终盯着那庸常的一面，而忽略了那不凡的一面呢？

林语堂就曾提出过一个“半半哲学”人生，他以为“理想的人物，就应属一半有名，一半无名”。正所谓，人世间境遇何常？进一步想，终无尽时；退一步想，自有余乐。生活从来都有着两面性，背对庸常，面向不凡，那么谁还不能获得快乐、幸福、自由的人生呢？

我始终认为生活的诗意就在平淡的生活中。我喜欢听潺潺的流水，喜欢看火红的朝霞，喜欢听婉转的鸟鸣，喜欢看奔流的人群，喜欢听秋雨伞上叮咛，喜欢看南瓜爬上墙头……太阳每天都是新的，生活每天都是新的。你说，我怎能不为它癫狂呢？

生活不是诗，但生活中有诗。它就像沙滩上的金子、大海里的珍珠，散落着，隐匿着，等着我们去发现。荷尔德林写道：人生充满劳绩，但仍诗意地栖居大地。平常的生活，只要我们带着诗心去寻找，那么生活中每一点儿真、每一点儿善、每一点儿美，都会被我细心地收藏，反复地咀嚼。如此，再平凡的生活，我们也能看到春暖花开，也能踏着馥郁的芬芳一路向前。

（《青年教师》2016 年 7 月）

有温度的细节最美

“细节决定成败”是我们耳熟能详的一句话，似乎细节总是决定着成败。其实，这样的逻辑是有些牵强的。试想一下，我们的生活除了成败是不是还有着更广阔的空间呢？这个空间里，有自然，有阳光，有亲情，有友情……这一切都是人生中拥有的宝贵财富，需要我们用真心去体验，从细节去享受，但是它与成功有什么关系呢？显然没有。其实，细节就是细节，它虽然某种程度上决定着成功，但是它并不是细节定义的全部，而我更愿意带着毫无功利的心情去看待细节。因为细节剥离了功利，更纯粹，更真实，而我就是在这样的细节中触摸到了它所独有的生命质感和温度。

下课时突然下起大雨。到办公室还有一段距离，怎么办？正当我用课本遮着头准备冲出去时，一把伞罩在我的头上。“老师，我送你。”我一看，笑了：“好呀！我来打伞。”“不，你拿着书，别湿了。我能行。”

他大概是四五年级的学生，身高不足一米四。看着他明亮的眼睛、认真的样子，我同意了。雨点敲在伞上嘭嘭有声。孩子踮着脚，把伞举得高高的。也许是怕我淋雨，他紧贴着我，打伞的小手还不时碰到我的头。到办公楼下，他的一只胳膊湿了。我带有歉意地说：“不好意思，把你衣裳淋湿了。”他笑着说：“没什么，你不也带我过马路吗？”

学校地处繁华地段，一到放学，门前的汽车、行人拥挤不堪。孩子们在其中穿梭，非常危险。因此，每当放学，我都一手牵一个地过街道。至于牵的是谁，我从来没有记过。可是今天，这个孩子告诉我，他记得。

那天晚上忙到十一点多。到门口时，一不留心踩了一脚水，一双皮鞋成了“游船”。到家时，妻子还倚在床头上看着书等我。心里一热，笑问她为什么不睡觉，她不回答却问我要手机。我以为妻子怀疑我什么，就把手机递给了她。“怪不得手机打不通，没电了。”妻子释然，“我担心你出了什么事呢，电话也不打一个！”我自知不对，表达了歉意。

第二天起床，我发现皮鞋烘干了，桌上还有留言：早餐在锅里，牛奶自己热一下，我上班去了。坐在桌旁，吃着热饭热菜，眼眶里有热泪在打转。我这样一个粗枝大叶的人，从来不知道照顾自己，可是妻子知道，她记得。

前不久的一天，看到这样一则消息，重庆市委书记、全国人大代表孙政才到重庆驻地看望，见到基层代表、垫江县石岭村村委会主任刘群时，工作人员介绍说刘群是一位农民代表。孙政才笑答："我们正在城乡统筹，我们都是重庆市民！"

农民一直是弱势群体，常常被忽略，就是农民工也被某些人认为带有贬义要改换称谓。而今，一个小小的纠正不正体现了党和政府对农民的尊重，对农民的关怀吗？只有农民有了归属感，有了幸福感，我们才能够实现真正的"中国梦"。农民即便是弱势群体的代名词，也要有自己的温暖，这一点党知道，他记得。

我喜欢捕捉细节的温暖，并用它来丰富我的心灵。也许有人会说我敏感，但是敏感有什么不好，它让我为每一次伸手而感动，为每一个善举而温暖，为每一个改变而幸福……生活都是点点滴滴的琐碎堆砌起来的，它不华丽，但是却蕴含着人性的美好、生活的真谛、社会的进步。有温度的细节最美，因为它体现着人性的关爱、温暖和善意，丰富着我们的情感。人生天地间，温暖是相互的，是可以传递的。那么，我们何不学会从生活中发现细节来温暖自己，温暖他人，尽享这美丽人生呢？

（《石油管道报》2016 年 1 月 26 日）

第四辑

回望岁月——彼岸时光

人生是一个苦乐相随的世界。走在漫长的人生旅途，有风雨，有阳光，我们一边放下，一边拾取。在这样一个广袤的空间里，我们必须要有什么来装饰生活，充实心灵。自然，那始终摇响在耳边的彼岸时光，不时会探进头来，让我们眼前一亮，它才是我们最值得铭记的美好。

彼岸时光

静坐窗前，阳光如水。思念如丝丝缕缕的阳光打在眼前，奔涌而来的都是那彼岸的时光。人生看去那么漫长，回首之间却又那么短暂，多像流淌在眼前的阳光。一抬头，那过去了的岁月又立在了面前。

儿时，血色的红壤上，金黄的油菜间，母亲挥镰如雨，父亲舞枷如风。我躲在油菜秆的背阴处还是汗涔涔的。虽然已经会背“锄禾日当午，汗滴禾下土”，但是并不懂得稼穑艰难。“妈，长大了，我给你盖一所大房子，再也不晒太阳，好不好？”母亲端着乌黑的油菜籽，眼睛也亮如油菜籽。“真的？那我可要好好享享儿子的福了。”母亲说着，黝黑的脸膛似乎也明亮了起来。

如今，我工作了，没有给母亲带来什么福，却还要让母亲用她的积蓄给我买房子。直到今天，两鬓如雪的母亲依然如老树一样坚守在故乡的土地上，种她的田地，养她的鸡鸭。

少时，野外的田间，禾苗青青；村头的河里，波光粼粼。我们在田里照黄鳝，在河里摸鱼虾，在河滩上晒太阳，在柳林里抓知了。我们可以快活得赛神仙，也会不快得成冤家。没来由的小事，我们会赌气瞪眼几天；一句玩笑的话，我们也会追出几座山……那时似乎不知道忧愁，三五天又抱成了一团。同喜同乐的秘密，重情重义的坚守，就是今天想来还是觉得那时的天蓝，那时的水绿。

今天，时空的距离如一堵冰冷的墙阻断了舒畅的呼吸，连见面的一个招呼都有些迟疑。虽然我们憧憬着相聚，但是结果却总让人叹息。一张张成熟练达的面孔下，有的是挥不去的淡漠和咫尺天涯的陌生——没有了宽厚，也没有了不羁。

成年，离开了家乡，期盼着一份真挚的爱情。与你相逢，写尽郎情妾意。等待时，一张无字的尺牍就能传达情意；相逢时，一记欢快的招手就能爆满情愫；快乐时，一个会心的微笑就能心有灵犀；失意时，一句贬损的夸赞就能抚慰彼此……佳期如梦，花好月圆，那是一段多么让人频频回首的时光。

梦依旧，月却残。世事难料，花败北风。美好被岁月的毛玻璃挡在了窗外。伯劳燕子各西东之后，早已是物是人非事事休了。我还能从哪里打捞起那昨天的雁字回时、月满西楼的光华呢？

人生就是一趟单程的旅行，谁也无法改变它的航向。我们都是这趟列车里的旅客，只能努力地向前奔去。阳光我们要沐浴，风雨我们也必须要承受，这是谁也不能逃避的现实。人生如此，活在当下，且行且珍惜就成了我们应有的态度。

岁月如水，人生一瞬。从这个世界走过就应该努力给它留下一点儿痕迹来证明我活过，爱过；彷徨过，奋斗过；成功过，也失败过……回首彼岸时光，淘尽的不只英雄；点数是非成败，演绎的也有我们。我们怎么能不白日放歌来让赚取青春做伴呢？我们怎么能不将眷眷旧时意怜取身边人呢？

沉思彼岸时光，我心宁静。虽有“父母之年，不可不知”的伤感，虽有“人生不相见，动如参与商”的怅惘，但是不也有“昔别君未婚，儿女忽成行”的欣喜吗？人生的悲欢离合是一种必然，我们有什么必要沉湎于其中呢？时光老人虽然埋葬了我们的青春年少，但是那美丽的故事不也被串成了一条珍珠链挂在彼岸的天空了吗？

坐在此岸，眺望彼岸，天蓝水清，星光灿烂，还有什么样的时光值得我们如此痴迷、如此眷恋呢？只有那静好岁月里的彼岸时光。

（《心理与健康》2016 年 6 月）

我是你背后的一束光

一束光，即便炫彩如霓虹，未必能激起人多少心底的热望。但如果是在黑夜里呢？没有经历过漫漫长夜的人，是不会知道其中滋味的。

前两天，在电视上看到一则新闻，说是一个出租车司机送夜归的女大学生回家。两个人素昧平生，但因为女生回出租屋要经过长长的一条巷道，司机师傅在她下车的时候，嘱咐她不要紧张，他会打着车灯一直到她进入院子。女大学生当时还有些怀疑，但是当她顺利地走进院子里，回头看见车灯还在巷口亮着。她心里一热，拿出手机把那束光拍了下来，发到了微信里。

在微信里，她写道："这半年来，每个夜晚，即便开着手机的微光，我都是气喘吁吁地跑着钻进那黑洞洞的院子。只有今天，因为有了它，我安安静静地走进了院子。一束光或许照不到多少空间，但在那一刻，我觉得它照亮了整个世界。每一寸光就像一朵银色的雪莲花一样在我的眼前打开。一个被花包围着的世界，你会是怎样的感觉呢？”

那是怎样的一束灯光呢？两边是阴森死寂的墙壁，中间是一束雪亮的灯光。什么也没有，别说看见司机，就连出租车都看不到。这样的一帧照片，如果没有女大学生的亲身经历，你会被它感动吗？但是，她却从那束光里看到了无数朵如雪莲般绽开的花儿来。

人行走在路上，总免不了遭遇不如意。这时候，如果有一个人在你身后给你一点儿光亮，或许，你的身前就会开出一片花，你的世界也会变得明亮一些。一个 17 岁的学生，高考落榜，一个人冒着瓢泼大雨从家里跑了出去。他不知道，还要不要复考；如果读书，他能不能换回父母的期望。人生的路在他的面前变得迷惘和模糊起来。走来走去，最后，他还是走回学校门口。口袋里没有一个铜子，能对付一晚的地方只有宿舍了。饥肠辘辘的他走到还没有打烊的小吃摊前，坐在一张桌子前发呆。遮阳伞下，一盏昏黄的电灯只照亮巴掌大的一点儿地方。

老大爷问他吃点儿什么，他摇摇头。大爷端了一杯水给他，就径自忙去了。他喝了一口，身子暖和了一些。

老大爷收摊了，他不能再坐着，起身往校门口走去。望着无边的黑夜，他有一种几乎要被吞没的恐惧。他转身退了回来。一番斗争之后，他又鼓起勇气往校门口走去。进去，还是不进去？读书，还是打工？他犹豫着。

突然，一束光从身后射过来。光线虽然不强，但是很直，延伸得很长很长，恰好照亮了他身前的路。泥泞的路面本来就有积水，昏黄的光线打过来，积水之上就像有无数朵黄菊花在匿笑，在私语。

他站住了，回头看见老大爷正高高地擎着灯罩，望着他。虽然大爷没有说话，但是他知道老大爷是希望他能顺利地回到他想去的地方，能走到一个或许能让他安睡和取暖的地方。不认识他的老大爷，漆黑的夜，回家，身前泛着光的湿滑的路，他还有什么可犹豫的呢？他回头，向身后灯光的源头挥了挥手，想喊一声，却感觉喉咙里仿佛堵了什么东西。他一路快跑进了学校。

这个高中生就是当年的我。虽然我第二年也没能考取一所理想的大学，但是那束背后射来的灯光，却温暖我到现在，让我时时惦念，翘望。

一束光，一地花，一种情。

（《解放日报》2016 年 8 月 11 日）

一年好景秋须记

故乡的秋晨没有“古台摇落后，秋日望乡心”的惆怅，没有“青枫江上秋帆远，白帝城边古木疏”的萧疏，有的是“晴空一鹤排云上，便引诗情到碧霄”的昂扬，有的是“秋风秋雨秋意浓，此情此景此味长”的丰富。可以说，故乡的秋晨是一本历久弥新的画册，是一首永不老去的歌谣。

故乡的秋天多雾，远看涌似波涛，近观薄如蝉翼。村庄笼在雾里湿漉漉的，似乎连石头也能拧出水来——你听，连那雄鸡的打鸣都水润润的，直流向肺腑。树叶间微雨一样的露珠滚落，随着它滚落的还有那扑棱棱的鸟雀抖羽声。菊花杏黄，紫薇粉红，桂花金黄，不炫目，就像一个个悠长的幻梦，隔着帘笼。蜜蜂顾盼，蝴蝶静默，只有那秋蝉还在做着最后的冲刺，叫声里没有了火烈和夸饰，倒生出些许沧桑和迟暮。

白雾深深锁重楼，炊烟袅袅叫村庄。太阳一个探头，村庄扑拉拉就灵动了起来。小河绕村行，晨光穿竹林，田野雾气腾，村落少闲人。最先热闹起来的是池塘。女子们呼朋引伴地来到塘边，“梆梆梆——”棒槌落在青石板上的声音叫醒了村庄。“嘎嘎嘎”，鸭群欢歌；“哦哦哦”，鹅们唱和，和着棒槌声组成了一支朴素的乡间畅想曲。

田野是丰饶的，看吧：金灿灿的稻穗是殷实的；白花花的棉花是温暖的；黑油油的芝麻是鲜亮的；黄澄澄的玉米是喜悦的……这时，你踏着晨雾走去，哪里都能看到热腾腾的喜气——割水稻的，捡棉花的，敲芝麻的，掰玉米的，每一张饱经风霜的脸上都堆满了丰收的喜悦。看，田畔的那两个农民，一个敞开衣襟，一边快活地吸着烟，一边揉搓着一株沉甸甸的稻谷；另一个蹲下身去，一手小心地扶着禾苗，一手指着那无边的稻花。两个人笑意盈盈间，高谈阔论着，他们是在“稻花香里说丰年”吧。

大人们忙碌着自己的活计，村子就成了我们的天下。我们疯跑着，漫山遍野的——到稻草堆旁斗蛐蛐，到李婶家摘桂花，到前山头拽毛桃……这时，无论你做什么，都不必担心大人的斥责——在慷慨的大地面前，人们的心胸也变得宽厚仁慈。

记忆最深的是到大爷家偷枣子。大爷家后院有一棵高大的枣树。每到秋天，树上就挂满了青里泛红的枣子，随着秋深它的颜色越发红艳夺目，惹得我们饿狼一样绕着院墙逡巡。

那院墙不高，两米左右，旁边还有半人高的篱笆土墙，人一纵身就能落进院里。大爷一脸雀斑，坑坑洼洼的，不爱说话，让人望而生畏。大爷在家，我们是不敢造次的，但是他去了田地里，就看我们的了。小猴子往往是第一个蹿进院子的。他打开院门，我们一窝蜂拥进院去。我们找来长竹竿，一阵猛敲，红玛瑙似的枣子就扑簌簌地跳到地上，辉煌一大片。迫不及待地抓起一颗塞进嘴里，那种甜香立刻弥散在齿舌之间，一咀嚼，它就抓住了我们的心。我们拾着，塞着，直到嘴里塞不下了、兜里装不了才吆喝着跑开。最惊险的一次，该是大爷突然回家把我们堵在院子里吧。他铁塔一样杵在门限里，我们一个愣怔就狂奔了起来，竟然都从他的腋窝下逃脱了。我们笑话他的无能，为自己的机灵而得意。母亲的一句话浇灭了我们的张狂："大爷那是在纵容你们，你们想想门限也就四五十厘米，他一站你们还有逃跑的可能吗？"

这个秋天，母亲又带来了大爷送的红枣，可是不知道为什么，枣是一样的枣，怎么就没有当年的枣那么甜，那么香呢？

"一年好景君须记，最是橙黄橘绿时。"又是一个秋晨，站在异乡的窗口，耳畔又响起故乡的呢喃，浓雾里生长出葱茏的思绪：故乡的秋晨，它是顽童，时时跑进我的梦里，吵醒我的耳朵；它是姑娘，常常摇曳在我的眼前，洗濯我的眼睛；它是青年，天天嬉戏在我的笔尖，强健我的体魄……

（《思维与智慧》2016 年第 9 期）

栀花开处照眼明

昨天，母亲来了。她进屋时裹着一道馥郁的浓香扑来，我的心头掠过一丝惊喜：门前的栀子花又开了。母亲笑道："鼻子比狗都尖。"那还用说吗？栀子花可是我的知己。我立马拿出白瓷碗，装上清水，将栀子放在一个碗里。栀子花肥硕饱满，雪白的花瓣如牛乳一样恣意地流动，一股馨香浸透了整个屋子。我美美地趴在碗上饱吸一口，"栀子开花一瓣瓣，青枝绿叶真好看，妹劝哥哥莫动手，折下花枝花也残……"儿时的歌谣又响亮地响在耳边。

儿时的我们，是一群快乐的小鸟。每天，上山捉鸟追兔，下河摸鱼钓虾，处处都留下了我们快乐的身影。尽管那时的生活是清苦的，但是嵌在记忆深处的却是那一幅幅如倾倒了浓墨的山水画，点点润开，历时愈久愈是鲜明。

每天，放学归来，放下书包，第一件事就是放牛。将牛儿赶到新小圩的外面开阔的芦苇荡中，让它们大快朵颐。我们男孩子们就光着如乌鱼一样黑的背脊，钻进迷魂阵般的芦苇丛中藏猫猫，溜进河汊中打水仗，摸河蚌，捉刀鳅。高兴起来了，我们会挖芦笋，采藜蒿，摘马兰头带回家去。当夕阳洒下点点醉人的酡红的时候，我们就用小褂儿抱着一天的收获，骑着牛儿悠然地回家。每每这时，母亲总会数落："白褂儿成了花褂，怎么穿？"

那年月，一年能做上一身新衣是多么幸福呀，而的确良是当时最为时尚的料子布。因此，我那的确良的小白褂，成了我唯一穿得出去的体面衣裳，以致整个夏天我都穿着。无论天气如何闷热，不透风的的确良闷得我像一条沸水中的鱼，汗如雨下也不脱。糊上黄泥浆了，滚上青草绿了，沾上桃子红了，洗一洗，晾一晾，又套在身上。

童年的夏天，是从栀子开花开始的。当我们撅着屁股放炮（一种泥巴游戏），扬脸朝天的斗鸡时，女孩子们总会在头上夹一两朵栀子花炫耀着。她们铲田（田字格游戏，类似今天的跳房子），踢毽子，栀子花在乌黑的发梢像翩然的蝴蝶一样翻飞，明艳照人。飘飘荡荡的香气弥漫，钻进鼻子诱惑着我们。我们慢慢地凑了上去，缠上她们也要游戏，自然遭到她们的反对。我们可不在乎，趁她们不备，抓起栀子花就跑。她们可不干了，追着，赶着，嬉闹着，欢快的叫喊声响彻故乡的天空。这样的"战争"往往是我们这些滑如泥鳅的男孩子们取胜。抢夺而来的栀子花往往花瓣零落，只剩下淡黄的花心，但是我们还是舍不得扔掉，把它捧在鼻子前闻了又闻，别在前襟的纽扣上。这时的我们有了新的“游戏”——去王婶家院子里摘栀子花。

王婶家的院墙差不多有两米高，还养着一条肥肥的黄狗。只要谁从她家的门前经过，它都会在深深的院墙里狂吠。怎样才能既不惊动狗，又能偷到花儿呢？我们绕着王婶的院墙跑了几回，都被狗儿的叫声吓退了。怎样让狗不作声？这个问题困住了我们的手脚。小勇滴溜溜的小眼一转，屁颠屁颠地跑到王婶家讨花。王婶还真就送给他一捧水淋淋的鲜花：白绢般温润的花，蜂蜜般甜腻的香。我们看得眼都绿了，抢过花儿一溜烟地散开，急得小勇直嚷嚷。疯过，闹过，依然意犹未尽，我们又聚到一处。小勇得意地将自己侦察到的情况说了一遍。主意有了！我们趁着人们都上工的当儿，开始了采花行动。我们先将事先准备好的饭团扔进院里，再派一个人到院门前走一趟。嘿，还真有效果，黄狗没有叫。嘀咕了一阵之后，我自告奋勇地要先进院子。我顺着一棵长在院墙边的苦楝树爬上院墙，再爬过一段院墙，准备沿着一棵梧桐溜下地。“汪、汪汪、汪汪汪……”还没等我脚儿沾地，一声紧似一声的狗叫炸开。“妈呀！”我眼一闭，手一软，“啪嗒”从半空栽落下去。“栀子开花一瓣瓣，青枝绿叶真好看。妹劝哥哥莫动手，折下花枝花也残……”院墙外女孩子甜脆的声音飘来，我的心一紧。

“怎么，赖我家不想起来了？”睁开眼，王婶站在面前，“怎么，想找狗？放心，狗我把它系起来了。”

“这些王八蛋，怎么侦察的？家里有人都不知道。放了老鼠药的饭团怎么也没发挥作用？……”我心里纳闷着，灰头土脸地爬起来，低着头，脸上像火在烧，恨不得学崂山道士钻墙而逃。

“还不服气呢，你们这些泥猴有个几斤几两，我还拎不清？想要栀子花直接说。爬墙，摔断了腿，我可不负责。”王婶拍了拍我身上的灰，将我的的确良外衣拉了拉，“把漂亮衣裳都揉皱了。”

我偷偷地瞟了一眼王婶，发现王婶在笑，我抬起了头。

“这才像男子汉嘛！”王婶抚去我头上的一片树叶，“是不是要花，自己采。”

我愣着不动。

“去呀，愣着干什么？”

“我，我想要一根树枝——”

“想自己养，这才对了。自己养的花闻着香呢！”

王婶帮我砍了一根头年长的拇指粗的树枝，我兴冲冲地把它小心翼翼地插到了父亲插秧的田里。后来才知道，王婶那天生病在家休息。而她家的狗下了崽，怕它伤人，王婶把它系了起来。要不然，那天……至今想来仍然有些后怕。而我的那些兄弟们在狗的叫声响起时早就逃之夭夭了，只留下我成了“瓮中之鳖”。

从此，我每天都会跑到田边去看望它，盼望着它早日生根展叶。一个月后，田里的稻子熟了，田土硬了。我担心不爱花草的父亲会将它连根拔起，于是在一个露珠闪亮的清晨，将它请了起来——它白白长长的根须肆意地欢笑着。在牛栏的一角，我喜滋滋地找了一个朝阳的地方，挖了一个坑，铲了几锹牛屎做底肥，才把它像宝贝似的栽了。此后，每天放学回家，我都会去看看它，摸摸它的叶，揉揉它的腰，给它培培土、浇浇水，和它说说心里话。这时的栀子花早长成蓬蓬勃勃的一片，青枝绿叶，枝丫横生，宛如炸开的烟花。我常常倚在它的身边，迎着朝阳，送着落日，看看书，写写作业，背背书。

第二年，它尽情地开花，层层叠叠的花朵点缀着，一树繁华。有的颔首低眉，羞羞答答欲说还休；有的半开半闭，犹抱琵琶半遮面；更多的是粲然一笑，张开粉嘟嘟的笑脸，给我送上热辣辣的香吻，笑得花枝乱颤。甜丝丝的浓香笼罩着，系住了我的脚，就像一个乳白色的梦。这时我就成天待在树下，贪婪地吮吸着，回味着，眼里、心里都是一片剪不断的甜香。“都成花痴了。”母亲每回喊我回家吃饭时总会唠叨。这时，牛栏的一角成了我和小伙伴们的天堂。我和小伙伴，就像辛勤的蜜蜂一样绕着栀子花嘤嘤嗡嗡地闹着。再看看吧，女孩的头上，男孩的胸前和耳朵上，都跳动着栀子花的身影。我们还会将栀子花泛白的花苞摘下，用白瓷碗装水养着，放在房间里，浓得化不开的香气弥漫在空气中，溢满整个屋子。高兴起来了，我也会用绳子系住花儿挂在蚊帐中，出来进去摸摸它，托在手心闻闻它，似乎总也看不够。碗中的栀子花养个三五天也不败。即便发黄凋谢了，它依然清香不减。

栀子花伴着我们走过小学、中学。工作之后，我才与它依依惜别。不过，每年暑假，我都会去看看它，摸摸它，就如久别重逢的故友，这样心里才会踏实。离开的时候，我都要带上一捧栀子花回来，养在碗里，直到完全谢了也不愿倒掉。2008 年的一场突如其来的大雪，我不禁牵挂起我的栀子花：它还好吗？这个陪伴我走过三十年风雨的挚友，会不会熬不过这场雪呢？当我踏着厚厚的积雪赶到家时，伫立在我面前的它枝繁叶茂，傲立在凄冷的风中，片片绿叶跳动着晶亮的光，一闪一闪的，似乎在与阳光嬉戏。

栀子花平平常常，却不挑不拣，只要给它一方泥土就放肆地开花，将花儿塞满整个夏的征途，将清香浸透夏的味蕾。它静静地开花，默默地坚守，将生命的花朵高扬在广阔的天宇下，鲜明闪亮，如红旗，似高塔，让人仰视。这不就是栀子花的魂魄吗？人生不也如此吗？只要扎根泥土，拥抱朝阳，人生又何处不飞花呢？我久久地凝视着栀子花，闻着栀子花的花香，想着栀子花的花事，心儿也似滋滋开花的栀子花，醉在它梦幻般的白里。

（《青春期健康》2012 年 10 月）

收藏回忆

“回忆是盏灯，拨亮了，它能让你看清昨天的道路；回忆是扇门，推开了，它能让你望见明天的阳光；回忆是本书，翻开了，它能让你找到今天的幸福。”

整理堆在阁楼上的旧物，看着初中毕业纪念册扉页上的题词，我的心怦然一动。我小心地打开泛黄的纪念册。那一张张朝气蓬勃的笑脸，一句句临别郑重的寄语，让我又回到了那段激情澎湃的岁月：汪群的仗义，胡忠信的沉稳，章辉光的热情奔放，陈萍的多愁善感……一个话剧上演，每个人都在舞台上演绎着自己的风华绝代。

最难忘的是毕业前的那个夜晚。月光如水，水面流光，像一群银鳞在嬉戏。只有蝉偶尔来一声清唱，让月光有了隐隐约约的金属质感。我和陈方圆沿着湖静静地走着，回忆着过去相处的点点滴滴，倾诉着今天别离的万般不舍，畅想着明天梦想的熠熠生辉。那夜，我们直到半夜十二点多才回寝室。还是睡不着，我们就在毕业纪念册上留下了对彼此真诚的祝福。我给他的赠言是“长风破浪应有时，直挂云帆济沧海，祝愿你明天更美好”。今天想来，这赠言虽有一股豪气，但空洞了些。而他的赠言却让我至今念念不忘，视其为座右铭：“做人，要做岩石，有棱角才有个性；做事，要做卵石，懂圆滑才能成事。你是岩石，但是也要准备着做卵石，我希望明天看到一个完美的你。”

凝望着他的毕业留言，纯蓝墨水的印记有些模糊了，但那夜的记忆却清晰地印在心底。

忽然，一堆糖果纸从手间散落，花花绿绿的，就像赴一场流星雨。看着这个蓝皮封面的笔记本，我恍然记起这是父亲专门花了一斤肉的钱买来送给我集糖果纸的。

小时候，集糖果纸是一种时尚，什么什锦、菠萝、胜利、花生、红叶等等，我们都如数家珍。为了丰富藏品，除了和同学交换，我还经常跑到供销社卖糖果的地方去转悠，看有没有机会捡到别人剥下的糖果纸。

那次上学，我捡到一张大白兔奶糖的糖果纸。这可是小伙伴们没有的珍品，我拿着它到处炫耀，回家却发现大白兔不见了。当得知大白兔被小勇拿去了，我和他干了一架，把他的脸都抓破了，而他急了，干脆把大白兔撕了。

大白兔被我用纸粘起来，小心地装在纸糊的小袋里，夹在蓝皮笔记本里。我想看看它，却发现它一碰就碎，我再也拿不起来了。

压在箱底的是一本康熙字典，那是吕金玲送给我的。在师范，我们都在学生会，彼此爱慕着，但谁也没有点破。毕业，我送给她一支英雄牌钢笔，她把心爱的康熙字典送给了我。

当时，我迫不及待地想从康熙字典里找到一些她对我的暗示，却只找到一枚我写给她的红叶，上面写着李加建的诗《给妻子》："你是我永远忠实的港湾 / 穿过暴风雨之后你给我以休息，安眠 / 你让我把阴沉的梦沉淀到水底 / 给我看头顶上一片清朗的蓝天 // 你让我把灼热的泪珠在你胸中融化 / 你用清凉的波浪轻拍我的船舷 / 当我偶然尝到你溅起的浪花一点 / 我才知道，是你把全部苦涩默默地包含。"这是什么意思？原物奉还，我的初恋无疾而终！

等到徐东升帮我解开吕金玲为什么把红叶夹在康熙字典里的时候，她已经是一个孩子的妈妈。什么都已经来不及了，而今这片红叶能唤起的只有那永不褪色的青葱记忆。

著名节目主持人文清曾说："用心体会，生活原来有滋有味。"今天，当尘封的记忆重新浮在我的眼前，我忽然有一种沐浴在晨曦微光里的美妙感觉，让我欣喜，让我眷恋，让我回味。

（《思维与智慧》2017 年第 1 期）

藏在篮子里的笑脸

在这个纷纷扰扰的世界上，人们总为利来，总为利往，似乎谁也不愿停下追赶的脚步。当我们在静夜中心无尘杂时，咀嚼着过往的点点滴滴，总有着留恋和感动，让我们感喟和铭记。今夜，独坐窗前，看着银装素裹的世界在路灯的映照下微微显出些粉色。突然，雪儿莞尔一笑，我似乎又看到了孩子们那纯真的笑脸，听到了那银铃般如水样明澈的笑声。

那时的我，刚刚被分配到吉阳小学。这是一个群山环抱、毗邻长江的小村庄。过去是一个水路码头，可是由于公路改道，这里彻底被抛弃，离最近的公路也有七里多地，只有一条羊肠小道和山外的世界相连。我那时坚持要回家乡，结果被发配到这个“边疆”。虽说心里一万个不满意，可是父亲说跳出了龙门，吃点儿苦不算什么，比挖桩蔸轻巧多了。同时反复告诫我，要教就要把学生教好，不要耽误了孩子。父命难违，我只好打点行装前去报到。

来到这里，才知道学校远离村庄，坐落在山坳里的吉阳湖畔。五个班只有四名老师，而且每个班只有区区十来个人。以前新老师来了不到一年就走了，只有三名民师在坚持着。看着眼前破败的教室，用墙做支架的桌椅，心里的失落无可言喻。教学的日子是辛苦的，每天像陀螺一样不停地转。白天由于有学生吵吵嚷嚷的，忙碌着还能忍受；一到晚上，孤灯清影，只有窗外的一两点寒星偶尔吝啬地窥探一下，枯燥、乏味、落寞便像山一样向我压来。

上班没有多久，我就病倒了。淋巴结肿得有鸡蛋大，张嘴吞咽都疼痛难忍，像火烧刺戳了一样。课是没法上了，我只得叫学生自习。终于挨到下课了，村里的赤脚医生也来了。他看了看我的情况说是急性腮腺炎，给我开了一点儿消炎药，提醒我注意饮食，说用绿豆汤冲蛋清空腹服下，配合着绿豆粉调蛋清敷在腮上，几天就会好的。听说不是什么大病，提到嗓子眼的心总算落到了原位。

中午没有吃饭就躺到了床上。一个萝卜一个坑，谁都是顶梁柱。下午的课还是要上的，我只好强撑着爬起来，拉开门，门口静静地躺着一个篮子——上面盖着一方青色的碎花头巾。谁把篮子落在这里？掀开头巾，里面是一篮子鸡蛋，上面还用红方便袋装着新鲜的绿豆。一抬头，一群孩子正躲在教室窗户下面目不转睛地盯着我。哦，原来是这帮调皮鬼。他们是怎么知道的呢？也许是下课他们听到的吧，也许是赤脚医生对他儿子说的，也许……可是我对他们却……

来到教室，孩子们安静地坐在座位上。我沙哑着向他们表示感谢。孩子们异口同声地响亮回答“不用谢”，并要求我回去躺下休息，他们会认真自习的。看着学生们昂首挺胸、一本正经的模样，我的心里最柔软的地方湿漉漉的。

回到房间，拿起绿豆，突然发现一个鸡蛋上有字。拿起这枚特别的鸡蛋，上面歪歪斜斜地写着：老师，祝你早日康复。下面是一张笑脸。细细端详，这字是李欢乐写的。这个顽皮鬼，上山逮鸟，下河摸鱼，整个野得像一只扑棱棱的鸟儿，平时抓都抓不到他。昨天没有写作业就逃课，我还将他揪到操场上站了一堂课。今天竟还有这份心！看着篮子里的鸡蛋，我的泪水来了。平时，我总是唠叨孩子们任性，数落孩子们顽皮，抱怨孩子们学习不用心。原来，是自己的自私蒙蔽了双眼，是自己的狭隘捆住了手脚。这哪里是一篮子鸡蛋哪？分明是孩子们那一颗颗火热的心哪。

从那以后，我再也没有懈怠过，总是耐心细致地对待每一个学生。只要稍有松懈，那藏在篮子里的笑脸就会醒目地出现在我的眼前。今天我深深地知道：自己为学生献上一份爱，就会从学生那里得到更多的爱、更多的幸福。为了孩子，我知道，这方神圣的土地值得我用一生来坚守。

（《中国职工教育》2011 年第 4 期）

怀念我的卢老师

春节回家的时候，惊闻卢老师已于去年年底故去了。我的眼里腾起了一层雾。那个憔悴的老人终于解脱了，我在心里祈祷着他在天国能够过得幸福。

我和卢康文先生的相识是在我念初二的时候。我原来的数学老师胡老师因为工作调动离开了我们，可是一听说卢老师教我们的数学，大家都惊得张大了嘴巴。

卢老师在学校里可是名声在外，他的严厉是出了名的——他的铁戒尺总是敲得校园的每个角落都听得见。卢老师的相貌特别，让人一看就凛然生畏。他长着卷曲的棕黄色头发，稀稀落落的。黑脸上布满了大大小小的雀斑，就像癞蛤蟆皮一样。更让人不敢正视他的是他的眼睛，一只眼睛据说是小时候捣鸟窝时被抽回的铁叉戳瞎了，虽然睁着眼睛，可是一眼的煞白实在让人害怕。一生起气来，嘴一扯，两只眼睛都是一片死鱼白，恐怖得吓人。听着高年级同学的描述，我们心里自然就升起一片惊恐——要是那个和蔼可亲的胡老师不走该有多好啊。

该来的还是来了。那天，当我们忐忑不安地地坐在教室里等待的时候，他迈着轻快的脚步来了。他夹着一叠书，面带微笑地介绍自己，说希望和同学们共同度过初中美好的两年时光。那时的我就像一只丑小鸭一样坐在教室的角落里，望着眼前这位清瘦修长的先生，虽然面目有些丑陋，觉得似乎也并没有那么可怕。“他的笑就像哭一样。”我的同桌咕哝着，我不禁哑然失笑。

卢老师的课上得如行云流水，收放自如，就像一位写意画家，虽只是随意的几笔却总有无穷的韵味让人读了还要读。你看他，似乎是在讲二次函数，可是兴致所至不知怎么又跑到了一次函数，后来干脆钻进了几何的世界里。平时看他说话一板一眼，并没有什么特别的，可是一上课就像上满膛的机枪一样，压得我们连喘气的时间都没有。只要是上他的课，我们每个人都要拿出十二分的精神。如果有某个同学中途开小差，一个粉笔头就会在他的脸上开花，下课还会有“政治课”在等着。

我就有过这样的一次经历。那天放学，我因为没有考好心里很懊恼，揉起试卷撕碎，天女散花般抛向教室外面。也许是天不作美，恰好卢老师经过抓住了我。他逼视着我，一脸的阴冷。我只得乖乖地捡起试卷的碎片——包括只留下一个字的纸屑。他把我逮到他的房间里，也不批评，我就让我站在房间外面。他的房间外面是去往食堂的通道，来来往往的人总像看稀奇一样停下来，更有那可恶的家伙喊着我的名字，做着鬼脸。平生从来没有受过这样的“屈辱”，真恨不得有一个地洞能够钻进去。

等到打饭的人们走散了，他才把我喊了进去，把那张被我撕得体无完肤的试卷递给我。我当时惊呆了，那张试卷竟然被他用白纸细心地粘贴起来，窄窄的纸条在其中游走，虽然横七竖八、高高低低的，却被压得平整熨帖。这样的一张试卷粘贴起来要花多少工夫啊，我思忖着。只有那鲜红的七十四分，钉子一样闪着狰狞的光，刺得我眼睛生痛。

“撕试卷是不是很解气呀。试卷贴好了，要不再撕一次？看来你是想打碎过去。可是，你更要知道知耻而后勇的道理，面对失败，逃避是懦夫的行为，敢于面对才是真男子汉。风雨之后见彩虹嘛，不要泄气。我们就把这张试卷当起点，一起努力好不好？”听着温暖的话语，感受到拍在肩头有力的双手，我挺直了肩膀，暗暗握紧了拳头。

从此以后，我收起了那颗躁动不安的心，在卢老师的关注下勤奋地学习，不断地挑战自我。

初三的时候，县里有数学竞赛。我通过了乡里的挑选，有幸成为去县里比赛的四名选手之一。那时，奶奶卧病在床，母亲也要动手术，家里几乎揭不开锅。我是一双布鞋穿破了，连大脚趾露在外面都舍不得丢掉。去县里比赛那天，卢老师递给我一双黄球鞋，说是我父亲买的。我坚决不要，因为我知道家里早就是一锅粥，父亲是无暇顾及我的。卢老师郑重其事地告诉我自己刚才说了谎。他说："学校知道你家的情况，特意给你买了这双鞋。给老师一个面子，去县里穿着破鞋不丢学校的形象吗？"我只得换下卢老师手中的黄球鞋。临去县城的那个上午，卢老师还把我喊进他的房间，硬塞给我十块钱，说是到了县里方便些。看着卢老师诚恳的眼神，我认真地点了点头。

考取师范之后，我就离开了卢老师，很少再见到他。只是在师范毕业的时候，我们几个同学相邀去他家拜访过他。那时我才知道，卢老师不仅帮助过我，还帮助过其他和我一样的同学。黄球鞋其实也是他买的，只是怕我不愿意接受才假说是学校买的。

从那之后我和他就再也没有见过面，只是在去年上半年顺道去过他家。那时他已肝癌晚期，人瘦得一把筋，眼窝深陷，颧骨凸起，躺在床上形如槁木，早已经没有了行云流水般的激昂。看到我们，他也早已不认识我们了，只是痛苦地呻吟着，絮絮叨叨地说："害了这样的病，早死早解脱，不死还把你们累死呢。"

今天，窗外阒然无声。我又想起卢老师，不知道他是否还像当年一样站在课堂上面对着学生快意人生，不知道他在天堂是否过得平静安康。"老师，祝您在天国幸福快乐，您的学生在念着你，您知道吗？"我轻轻地念叨着。

（《班主任之友》2011 年第 10 期）

乡村最后的剃匠

我的家乡在东至的深山里。山里的生活是闲适安逸的，但也有诸多不便，譬如就医、剃头、买东西之类。虽然有不便，但是人从来容易适应环境：不要培训，赤脚医生有了，接生婆有了，剃匠有了，一爿小店也有了。这是在那个和外界几乎没有什么联系的时代。现在，赤脚医生、接生婆已经没有了，小店也成了超市，生意一天天火了，只有剃匠小江还跛着个腿跋涉在乡间的小路上。当然，现在不能喊小江，而应喊老江了——快六十了。

老江幼时摔下悬崖折了一条腿，做农活自是不方便的。俗话说，灾年饿不死手艺人。老江被父母送去学了剃头。老江出师也没学到多少手艺，只会剃光头和平头，其他的花式是没有的。他剃的头类似一张锅盖罩在头上，要多丑有多丑。

顶着这样的头，一出门就会被小伙伴取笑，因此，我们是不敢轻易让他在自己头上动刀的。我们宁愿走上十多里地到镇上找理发店，也不让他剃。

他或许知道自己手艺不怎么样，每次来剃头总是做足了准备。剃匠一般背着个剃头匣子，他呢，却用小扁担挑着家伙什。一头是剃头匣子，一头是能折叠的穿衣镜。自己腿脚不方便，还挑着东西，这不是穷折腾吗？剃得好不好，拿面团镜看看不就行了。父亲这样劝他，但是他却说："两个人对着镜子看着，不是更容易看到问题吗？头是一个人的脸面，收拾利索了，人才显得精神。"每次老江到村里来剃头，第一家到的总是我家。只要他来了，父亲就会放下手头的事让他给自己剃头，有时还会把我和弟弟拉来剃。看到我和弟弟一脸哭相，老江总是宽厚地对我们笑笑，说："人长得很精神，是个帅小伙，他们不愿意剃就不要剃吧。"我们在村小读书，家里生活杂，能上镇的机会是不多的，经常是头发盖过耳朵可以扎辫子了也没有时间去剃头的。父亲可没有老江那个好脸色，脸一冷，我和弟弟就不敢吱声了。

其实，让老江剃头是一种享受。他动作轻柔，说话和气，没有镇上那理发师傅高高在上、拿腔拿调的臭模样。他一边给你剃头，一边还用商量的口吻和你说怎么剃，怎么修才好看。我们有什么审美标准呢？总是看这里不满意，哪里不舒服，他就一个劲儿地满足我们。往往一个头理下来，需要近一个小时的时间。即便如此，他也不恼，总是一脸的笑。

头理好了，他还会给你剃剃胡须，修修面，掏掏耳朵，捶捶背，把人拾掇得一身轻松舒坦才歇手。我曾经问过他为什么这么做，他笑道："我的服务就是让你们满意。"

剃了两回之后，不善言辞的父亲才对我们说："这头发在哪里剃都是剃，老江一家就靠他一个人养活，我们是不是应该帮帮他？"想想也是，更何况在镇上剃要一角五分钱，他只要一角呢。从那以后，我们一家的三个头都被老江包了，我再也没有因为发型丑而纠结了。

离开家乡之后，我就没有看到过老江了。今天，当老江来给父亲剃头的时候，我才知道他还在做着这个营生。父亲说："老江现在很幸福，儿女都在城里安了家，儿女们让他去城里，他说离不开我们这些老伙计。现在，我们这些老人要是没有老江，还真没有人给我们剃头了呢！"

望着背脊有些微驼的老江踽踽独行在山间的小路上，过去的一幕幕又涌现在眼前，我的眼睛湿润了……

（《美好生活》2016 年第 5 期）

回望时光深处的流年

时光静静地流淌，不知不觉地从指间滑落。回望蹉跎的岁月，世界静好，花开灿烂，但是却没有了当年的娇艳和馨香。凝神望去，那风沙中的岁月黯淡了，与现实总隔着一层厚玻璃。时光荏苒，流年飞逝，暗了眼睛，失了光华，但那颗心依旧如昨，还是期盼着把它细细描画。

深幽的丛林，潺潺的流水，轻快的鸟鸣，一个多么空灵的世界。但是，现在这里除了高空的流云，只有青苔在水边描画着一道道暗绿的泪痕。当年的亲切都遗落在昨日的风里，还到哪里去寻找水滴落地的清响。端详水面，我看到了：百年的朴树亭亭如盖，阳光从缝隙里漏下来，点点碎银般铺在脚下。几个孩子躺在树根上，碎银打在孩子的脸上、身上，成了一幅隽永精致的画面。温暖的画面，静美的空间，孩子们陶醉了，迷失了，渐渐睡去。只有风在呢喃，只有叶在叮咛……

一阵风起，水面吹起皱了，落叶飘零了，时间褶皱里的影像也模糊了。远望流水，听不到水声，看不到行人，是谁带走了岁月隧道里的光与影呢？

青青的水田，小小的窝棚，漠漠的白鹭，一个多么宁静的空间。但是，现在这里除了死鱼白的楼房，只有父亲在其中踟蹰着的一点儿点儿佝偻着的身影。当年的和谐都埋葬在楼房的脚下了，还能到哪里找到稻禾拔节的私语。骋目追怀，我看到了：肥沃的水田井井有条，紫云英花开如紫色的幻梦，细细的气泡从水下冒出来。父亲他们弓着腰，插着秧，身后虽然一片银白，身前却已是绿意盎然。和煦的阳光，希望的田野，父亲们筹划着，微笑着，忘我忙碌。只有白鹭在飞，只有秧苗在呼应……

揉一揉浑浊的眼，白鹭没有了影子，水田没有了行迹，哪里还有水乡江南的娇俏柔美呢？没有了“漠漠水田飞白鹭”的江南，还能是江南吗？

缓缓睁开忧郁的眼，叶落一地，蓬蒿齐膝，这杂草丛生的一角是我学习过的校园吗？我的校园绝不是这副模样。锃亮的黑板，挺拔的老师，淘气的学生，到处是琅琅的读书声，到处是学习的眼睛，到处是追逐的身影——这才我记忆里的学校风景。

轻轻推开紧闭的门，屋梁断折，瓦片遍地，这颓圮荒寂的老屋是我生活过的乐园吗？我的乐园绝不是这样光景。昏暗的煤油灯下，慢条斯理打着算盘算着账的是父亲，细针密线缉着鞋底做着鞋的是母亲，一笔一画写着作业皱着眉的是我……宁静祥和，温馨安然，这才是老屋最美的风景，现在怎么连一丝的痕迹都没有留给我了呢？

流年是一场戏吗？不然，怎么走过之后，留下的都是一地凄凉呢？是戏，但又不是戏。说是戏，是因为在那里有着高潮迭起的生活，有着一幕幕绝美的风景，让我们时时回望，时时惦念。说不是戏，是因为在那里只有一个主角，那就是我们自己。那里的悲欢离合都需要我们自己去演绎，去品味，去斟酌。它们沉淀在我们的心底，占据了生命最耀眼的一角。

流年总让我们觉得昨天比今天美好，那是因为人们都有恋旧的情结。不是说失去也是一种美吗？其实，这是非常容易理解的。有时候，一句简单的歌词，一个灵动的眼神，都会让我们心头一颤，甚至会泪流满面。为什么呢？就是因为那一个个不经意的画面唤醒了记忆深处的记忆，让那昨日的恋歌在没有月亮的晚上悄然升起。

回望时光深处的流年，谁能读懂岁月，谁能看透流年。我不想读懂岁月，也不想看透流年，我只想睡在流年的河流里，岁月的烟尘中，不再醒来……

（《中国纪检监察报》2016 年 11 月 18 日）

致逝去的高考

曾经以为高考是人生的苦难，是不堪回首的噩梦。今天，我再回首，却发现它已成了心底一道最明媚的印记，而且随着时间的推移，愈来愈鲜亮，愈来愈甜蜜。是它太霸道，顽固地占据了我心底那方柔软的高地吗？是，也不是，因为那里有我真实的青春，有我疯狂的旗帜，有我刻骨铭心的记忆。

那些难熬的日子，处处都有我跑过的痕迹。桌上高高摞起的教科书，我戴着副眼镜窝在筑起的小巢里。酷热的下午，眼皮打架，就在老师的滔滔不绝里偷睡两分钟，然后望着本子上口水流下的完美弧线，想象着函数的解题思路。整天坐在教室里，屁股都生痛，有时干脆放倒板凳，坐在上面看书。

枯燥的日子里也有快乐。那天，晓雯把小狗带进了教室。那小狗不听话，老师在上面讲课，它在下面“呜——汪——

汪”地低叫。我们都在下面偷笑，老师纳闷，来了一句：“今天我讲的课就这么好笑？”相顾无言，有些女同学捂着嘴，还指手画脚，逗得大家哄堂大笑。

不会忘记，那些风雨无阻的早上，第一时间出现在教室门口，彼此给予鼓励；不会忘记，两个人挤在一张床上聊着心事到很晚很晚，第二天顶着熊猫眼出现在教室；不会忘记，捧着毕业时的大头贴和厚厚的毕业留言，感动得一把鼻涕一把泪，唱着反调说着赞美；不会忘记，班主任那副恨铁不成钢的模样，在讲台上慷慨激昂，感动你我，心想咬咬牙就过去了……忘不了，忘不了，那曾经的苦乐相伴，那曾经的相依相拥，在那忙碌的日子里寒窗苦读，伴随着青葱岁月里跋涉的足迹。

六月是仙人掌开花的季节，它虽然在艰难中苦熬，但是这一刻它却把杏黄的花儿开得泼辣，开得火烈，就像那六月的骄阳，似乎要泼洒出积蓄的所有力量，只想在这个夏日尽情地绽放。坐在考场里的我，一脸的平静，心底却也像大海一样波翻浪涌。试卷发下来了，眼前一片白。我抓起笔在白浪里起伏，眼前隐约着父母焦灼的眼神、老师殷殷的期望和朋友深情的祝福。

当最后一科收卷铃声响起，当笔放下的那一刻，十几年的奋斗终于画上了休止符。深深吸上一口气，微笑着和朋友们告别。回家，收拾成堆的书，整理空白的卷子。静静地在书堆中坐着，看着地上的一切：奋斗路上的欢笑与悲伤，曾经的浮躁与沉静，一幕幕，一片片，都在开着绿色的花朵，诉说着不舍的眷恋。

八月，石榴花还在盛开。高考的成绩下来了，成绩差强人意。带着眷恋，约三五好友，把熟悉的校园再走了一遍。不再有嬉笑，不再有打闹，迎着轻轻的微风，平静地走着，凝视着火红的石榴花，聆听着有力的心跳，随心随情地走着。听着新一届高三的读书声，呆呆地看着，痴痴地想着，脑子里一片空白。转身离开，奔向操场，肆无忌惮地发泄着被压抑太久的情绪和那无处释放的昂扬。

时间无情，也无法绊住我追求高远的脚步；前路坎坷，也无法阻抑我攀登绝顶的梦想。不敢说，在这里，我写下了神话，但是至少我为梦想努力过，疯狂过。这就是我的高考记忆。掀开这段厚重的岁月，这里有夏花的灿烂，有年少的青涩，它们都在岁月的深处发酵，酿成了一坛酒，醉了你，也醉了我。

（《科教文汇》2013 年 6 月）

蹚过月亮河

坐在窗前。窗外，天空阴沉如墨，路灯发出昏黄的光，灰白的建筑如层层乌云一样奔涌而至，堵得心口喘不过气来。我不禁疲倦地坐在躺椅上，闭上眼睛想休息会儿。长期生活在城里，每天像鱼儿一样游走在壁垒森严的铁罐子一样的世界里，游啊游啊，没有目标，不知尽头。突然，放松下来，似乎觉得人不知道灵魂该在何处安顿，一种从未有过的疲倦袭上心头。

“来呀，来呀，你追我呀。”一个男孩跑着，叫着，手中舞着一个墨水瓶，不时地停下来瞅着身后岔开两脚、一颠一颠赶上来的胖嘟嘟的小女孩。小姑娘小脸憋得通红，瞪着眼睛咬牙追着。“给我，给我。”小姑娘跳起来抢瓶子，而男孩踮着脚将瓶子高高擎起。小女孩不干了，突然蹲下身抱着头“哇”的一声哭了起来。“不羞，不羞，好哭鬼，还大姑娘呢……”“我赢了，我赢了。”还未等男孩明白是怎么回事，小女孩一把抓过墨水瓶欢呼了起来。男孩不干了，向前一扑……

我心里一激灵，醒了。原来，刚才是一场梦。仰头看看天，天空清明了许多，还飘着淡淡的白云。一缕月光从左边的窗棂透进来，如水，似雪，丝丝缕缕的，飘飘悠悠的，似万千只蝴蝶打闹着、欢笑着扑进窗来。心最柔软的地方似乎被撞了一下，眼前的景物顿时变得生动起来。我的思绪随着月光飘到了那个披着银白色月光的童话般的时代。

童年，似乎一切美好的回忆都裹着月光，在月光下生根，在月光下开花，在月光下结果，又将它种在昨日的地里。那时的月光如河水一样清凉，如奶奶的头发一样洁白，如父亲的声音一样清澈，如母亲的眼睛一样温暖……站在排灌渠上，我们喊着号子，一直要把月亮这个总爱慢慢梳洗的姑娘喊出门才停止。看吧！月亮害羞地从东边的林梢探出头来了：嫩白的脸上微微带着些粉色，周围是红色的晕圈。牛乳般的月光像顽皮的孩子跳下来，跳向原野，广袤的原野铺展开来；跳向田间，田间蛙鼓阵阵，萤火虫在草间追逐嬉戏；跳向树梢，树梢蝉鸣声声，蝙蝠在空中翩然舞蹈；跳向村庄，村庄炊烟袅袅，孩子们在稻场唱歌捉猫……月光跳向哪里，哪里就是一个灵动而富有朝气的世界。我追着月亮的脚步窥探着，寻找着，那时的月亮是那么亮，那么深，那么远。似乎月亮的每一个脚步里都盈着笑，藏着蜜，都在悄悄诉说着童年的故事。

我家的场院前就是我们庄子的当家塘，塘水一年四季都是碧绿的。塘前是层层叠叠的田垄。每到夏夜，吃过晚饭，冲了凉，我们就将凉床搬到塘塍上，或坐着，或躺着，数着星星，盼着月亮。当月亮推开面前的朦胧昏暗，我们就再也按捺不住，冲下凉床各自去寻找自己的快乐。

“洋老鼠（蝙蝠），撂布鞋，白天不来晚上来，快来——快来——”看着空中时而横掠，时而斜飞的蝙蝠，我们摇着头，舞着手，唱着，跳着，将脚上的鞋子抛向空中，期望能捕获一只黑色的精灵，看看它是如何潇洒地穿行在天空的。看花了眼，抬累了头，撂酸了手，可是没有哪只黑色的精灵愿意到地面来歇歇脚。于是厌了，倦了，低头去找寻草间的萤火虫。

塘堰的洋槐绿荫如盖，树下草丛密密匝匝，到处是打着灯笼飞来飞去的萤火虫。它们慢慢悠悠地飞着，灯笼一眨一眨的，蛊惑着我们的眼睛。有人再也忍不住了，喊道：“伙计们上啊。”我们兴奋起来了，就像一个个狩猎能手一样，钻进草丛中。萤火虫扑闪扑闪着来了。嘘！我屏住呼吸，悄悄地逼近，瞅准时机，“啪”地一抄手，萤火虫落入股掌中了。“瞧瞧，这是什么？”我得意地向小伙伴摊开手。“哥哥，给我。”妹妹眼馋地央求。“给你。”待她一伸手，“啪”地一巴掌拍在她的手上。妹妹不干了，“哇”地哭了，揉着眼睛找爸爸去告状。我才不管呢，拍拍屁股，一溜烟逃了。如此三番，妹妹便不再黏着我，她竟用扇子扑打了一墨水瓶的萤火虫。瓶中忽闪忽闪的荧光抓住了我的眼睛，我羡慕得什么似的。趁着妹妹熟睡的当儿，我把萤火虫偷进自己的房间抱着睡了一晚。天亮时，妹妹哭着闹着，追着我要，我才恋恋不舍地将萤火虫还给了她。现在想来仍是忍俊不禁，可是它却不时地偷偷溜进我的梦里，让我不能忘怀。

夏夜，照黄鳝也是一大乐事。一碧万顷的田野，在柔情似水的月光下腾起一片淡淡的白雾，隐约朦胧，还随着清风变幻飘荡，恍若仙境。田间，青蛙鼓噪着，飞蛾惊飞着，水气裹着青草的香味扑面而来。我们拿着黄鳝夹，提着用油漆听做的煤油灯，眼睛盯着水面，小心地在水田里逡巡着，唯恐惊动了它们。水田里的水儿玻璃般澄澈透明，一条条黄鳝懒懒地卧在水底，呆呆的。在昏黄的煤油灯下，黄鳝映着的水面发出诱人的金黄色。看去，人不自觉地兴奋，心儿怦怦直跳。“夹到了，夹到了！”欢呼声在空荡荡的田野传得很远很远。“黄鳝呢？”父亲递过笼子，疑惑地问。再一看，夹子上却只有一撮水草在淋淋漓漓往下滴水，哪里还有黄鳝的踪迹？该死！许是兴奋过度手上松了。不过没关系，再不济一晚一两斤黄鳝还是不成问题的。可是现在，田中的黄鳝早就成了稀罕物了，想再品味那往日的快乐，却只能举起油漆煤油灯追念往昔。

那时还是大集体，庄稼得去看青的，以防被人或牲畜糟蹋。我们这些半大的孩子在晚上常常会自发地组织起来去看青。记忆中最深的是那个晚上，月亮朗照着，四周的景色一览无余，似乎比白天更为清楚。我们戴着草帽，扛着竹竿，有些伙伴还在竹竿上系上玉米缨子，看去像杆红缨枪。“小小竹排江中游 / 巍巍青山两岸走 / 雄鹰展翅飞 / 哪怕风雨骤 / 革命重担挑肩上 / 党的教导记心头……”我们唱着歌，浩浩荡荡地向庄稼地出发。突然，天暗了下来，四周黑漆漆的。我们雄壮嘹亮的歌声戛然而止，每个人的心提到嗓子眼上，大家不自觉地抱成一团。一个小女孩嘤嘤地啜泣着。我们互相低低地安慰着，鼓励着，眼巴巴地向着天空寻找着温暖的月亮。“月亮出来了。”随着一声惊喜的叫喊，我们都直起身子舞蹈起来。月亮从厚厚的云朵后面凝视着，真像妈妈的脸。大地仍然有些昏沉，却也渐次分明了些，乳酪样的甜在心中润开。“啊，那是什么？”几乎同时，小伙伴们嚷起来。一个红色的亮点在田野里一上一下地跃动，像红色的火苗。“是鬼火吗？”“鬼火是白色的，我奶奶说的。”“是红狐狸吗？”“好像是的，不过我爷爷说红狐狸是神仙。”我们嘀咕着，没有一个人敢大声喧哗。突然，火苗停住了。“我们去看看？”有人提议，“不怕，我们有家伙，再说我们也不是要伤害它。”“对呀，我们这么多人，怕什么，看看也长长见识。”“对，看看。”大家附和着。当我们一步一挨地凑到近前，捏在手里的心才放回肚里。原来是张喜叔穿着一身大红的衣服在放笼子。“张喜叔，你怎么穿着一身红呀？红衣服不是女孩家穿的吗？”我们七嘴八舌地问道。（那时人们的穿着一般是蓝、灰或者是黑色，除了出嫁，女子穿红都不多。）张喜叔笑笑，忙自己的事去了。事情过去了三十年，可是，张喜叔那一身火红在皎洁的月光下奔突跳动的身影至今仍让我难忘，像一把火在我心中燃烧。

我从月下走过，宛若蹚过月亮河的孩子。我在同日庙前张望过，在仄仄的老巷彳亍过，在弄堂里青石板上攀爬过，晒谷场草堆上翻滚过，在清冽的池塘里畅游过……

看一看，月亮河浩瀚无垠，绿树，红花，雪白的棉花，金黄的稻谷，斑斓五彩，恰如山水诗行，浅吟低唱中点亮了我们的双眼。

听一听，月亮河叮咚有声，犬吠，鸡鸣，啁啾的鸟语，儿童的欢闹，各尽其妙，宛若古筝淙淙，低回婉转中倾诉着过去的时光。

闻一闻，月亮河百味横生，椒辣，瓜苦，葡萄的酸甜，桂子的馨香，摇曳生姿，仿佛曼妙舞姿，轻摇慢舞中积淀在我们的心房。

当我蹚过故乡的月亮河，趿拉着鞋爬上岸时，蝙蝠不再在空中翩跹，萤火虫也不再在河畔闪烁，连那黄鳝似乎也不再留恋，早已失去了踪迹……张喜叔也霜染银丝，佝偻着背，失却了当年的矫健。当年那个蹦蹦跳跳的少年已经被岁月的年轮雕琢成一个健硕的中年。

“故乡的歌是一支清远的笛，总在有月亮的晚上响起。”月悬中天，风清月朗，碧空如洗。回望月下悠长而熟悉的家乡，多少寒风吹起我的衣角，吹去我那青涩的童年。故乡是一只不知名的鸟儿吗？它栖息在一棵叫思念的树上，静静地梳理着沾满露水的羽毛，静谧安详；浅浅地吟唱着满是征尘的老歌，醇厚绵长。我想，故乡也许是一个不能惊扰的遥远的梦，不然，羽毛上怎么有抖不落的露珠，歌声里怎么分明有几声轻叹？

蹚过月亮河，月亮河淌进了我的心里。

（《青少年日记》2014 年第 1 期）

甜甜稻花悠悠香

中秋，行走在家乡的田野。千百亩的稻浪拍打着远方，海一样波翻浪涌，心里油然而生“雄伟”“壮观”之类的形容词。蹲下身，丰腴饱满的晚稻正在抽穗扬花。米白色的小花，没有人注意，但是它却正在做着丰收的梦。不信，闭上眼，你闻闻，是不是有股清新的气息扑面，是不是还夹着淡淡的甜？这就是稻花的梦，甜美而酣畅。它在拔节，在酝酿，在灌浆……它正在向着深秋的成熟冲刺。

从播种、发芽、移栽、扬花、抽穗、成熟，稻子的成长哪一步不凝聚着乡亲的汗水？这一点只有水稻最清楚。

早稻在田，乡亲们就开始了晚稻的播种。放干秧田的水，整出几畦地，用扬掀拍平，撒上种子。为了防止老鼠和鸟雀偷嘴，乡亲常常把种子拍进泥里。夏日温度高，田里清早要进水淹没秧苗降温，晚上要放水让幼苗立根散叶。这是个细致活儿，要一个人全权去管理。待到秧苗一两寸深了，就要关水保墒。

早稻收割之后，乡亲们没有时间去品味丰收的喜悦，又开始了新一轮劳作。田间地头都是乡亲挥汗如雨的身影，打水、砍埂、犁田、耙田、施肥、扎田……稻田在乡亲的耕作之下，一块块峥嵘的水田又像镜子一样平整、舒展。

插秧了，拉上两道卡丝线。这样插出来的秧棵竖成列横成行，看着美观，拾掇起来也方便。乡亲个个是插秧的好手，分秧插秧手脚飞快，极有节奏感和韵律感。他们插的秧入了水就精神抖擞地站着，银白的水面立即就罩上了一层绿。插秧，我最崇拜父亲，他插的秧总是斜向左边，一丝不乱，就像收到了什么命令似的。少年时候，我也插过晚稻，却并没有他们表现得那么悠然、轻松。水面平了，可是水下稻棵纵横，土坷垃坚硬。有时，秧落到了这些家伙身上，没法生根，指头要找半天才能将秧插到泥上。一天秧插下来，腰酸背痛不说，连手上都是黄黄的水锈，还隐隐作痛。

稻秧的生命力是极其旺盛的。酷暑插下的秧看去焦了、卷了，一副萎靡不振的模样，让人担心，但是几个朝露一过，它们又会挺直腰杆，行根分蘖粗壮起来，焕发出鲜艳饱满的浓绿来。这时，你再看吧，田野里郁郁葱葱的，满眼都是醉人的绿，哪里还能看见一丝水的影子呢？

那时没有除草剂，除草都是人工完成。耘田时多是用草耙，但是我和父亲喜欢弯腰直接用手耘田。“我们是农民，就应该对土地虔诚地跪拜。”上过师范的父亲如是说，这自然也不知不觉地影响了我。稻田里野草丛生：三菱草、鱼腥草、浮萍之类密如头发，需要我们细致耐心地对待。需要眼力的是稗子，长着稻子一样的身形，稍不注意就会从眼皮底下逃逸。后来，我才知道它的绿色深，长势旺，根部有绒毛，最明显的是叶子中间有一条透明的叶脉。耘田，我最忌惮的是水蛭。一叮一个孔，还鲜血淋漓的，让人惊恐得直尖叫。后来，母亲给我套上水鞋，我才安了心。

三次耘田，两次施肥之后，稻子长高了，长密了，开始扬花。这样的季节，我喜欢到田间走一走，看一看，呼吸呼吸新鲜的空气，咂摸咂摸稻花的香甜。

行走在田塍，吮吸着稻香，心底忽然想起几句诗：“稻花吹早香。风露千万亩。上以奉玉食，粢盛及醴酒。下以饱苍生，亿兆哺其口。”恍惚间，我看见，一望无际的稻田里，乡亲们抱着沉甸甸的稻棵，在阳光下会心地笑着，脸上、眼里满是金色，写满了丰收的喜悦和幸福。

（《吉林农业》2013 年 10 月）

父亲的板车

板车，在二十世纪八九十年代的农村是常见的，繁盛时候几乎到了每家一辆的地步。七十年代，庄稼活儿主要是人挑肩扛，随便哪里一走，都是挑着担子，努力前行的农民。板车是八十年代初进入家乡的。最先有板车的是喜子一家。他的父亲在车队上班，看到儿子身子单薄，就从北方倒腾来了一辆板车。它一出现就吸引了众多的目光。父亲围着板车摸了又摸，按了又按，看板车眼睛就移不开了，就连柳荫都摇不走他的目光。

父亲回家之后，时不时就念叨一两句板车的好处，似乎那真的就是一个宝贝似的。板车好，一车能拉两三分田的稻；板车好，一车能拉四五担棉花；板车好，一车能拉六七百斤山芋……看着他专注的目光，听着他不停地念叨，让人疑心有了板车就不要力气似的。父亲的关心我们是不在意的，我们想到的是，有了板车，我们就可以爬到上面，让父亲把我们拉着上集市。不用走路，还可以在上面想坐就坐，想卧就卧，那多舒坦啊。

1983 年风调雨顺，粮食获得了大丰收。下坝的三亩田割下了之后，都要往家里挑，那是一个不小的挑战。父母和奶奶为了把稻把挑回家，起早摸黑花了足足两天的时间，连衣服都湿了几身，而喜子他们只用了一个上午，人还轻轻松松的。这鲜明的对比让父亲下定决心要拥有一辆板车。秋收之后，父亲就跑到供销社去问——一副车脚一百六十五元，家里连一百元都没有。父亲抱着希望去，最后也只能带着遗憾回了家。

车脚没有买回家，父亲却提前把车盘备下了。那年冬天，家里请木匠师傅打床，父亲就把早就备好的刺槐树从楼板上放下来，让师傅给他打车盘。师傅说刺槐树大了，做车盘可惜了，不如做床丁。母亲也说刺槐纹路好，做床丁好看。父亲却坚决不同意，说刺槐扎实耐折腾，大了就修一下；拉重的东西，最好蛮实些。车盘打好了，村里人都说我家的车盘板实，能拉五六千斤。看着乡亲赞赏的目光，父亲很是得意。

人勤地不懒。1984 年，父亲又迎来了一个丰收的年成。虽然我们兄妹读书负担重，但是他再也没有耽搁，卖了水稻和棉花，他就直接去了镇上的供销社。父亲走了三十里到镇上，连午饭也没有吃，就扛着六十多斤的车脚赶回了家。放下车脚，父亲除了一脸烟尘，脸不红气不喘，看不到一点儿疲惫。车脚安上了车盘，我们都爬了上去，父亲拉着我们在院子里转了三四圈，一个劲儿地说“真好、真好”。

有了板车之后，父亲似乎年轻了，到哪里都拉着板车，拉水稻，拉棉花杆，拉菜籽，就是送一个犁耙，他也带上它。父亲与板车的故事里，最惊险的当属那次下大雨从下坝拉稻把回家。从下坝上到大路，需要爬一个陡坡。由于雨天路滑，父亲在爬坡时一脚踏空连人带车栽进了路旁的深沟里。板车虽然翻了个个，但是车把却安然无恙，稳稳地扎在了土里。父亲虽然没有来得及跳开，但是有车把的空间，并没有受伤。此后，父亲对板车更是青眼有加，就是冬天不用了，也会把它抹得干干净净，收进角屋里。

白驹过隙，一晃三十多年过去了，父亲买了电动车，板车也走进了它的历史里。现在，虽然它不再出现在我们的视野里，但是父亲还把它当宝贝一样收藏着，时不时把它抹一抹，说一说当年的故事。

（《法制文萃报》2015 年 11 月 28 日）

云中谁寄锦书来

上午，打扫卫生，从书橱里翻出一大包信来。抚摸着那一张张发黄的信纸，我似乎触摸到了那逝去的温度，过去写信时光的点点滴滴又浮现在眼前。

20 世纪 80 年代，电话还是稀罕物，写信自然是倾诉思念的最好载体。我写信喜欢觅一相对独立的空间，或树林里，或小山上，或烈士墓前，甚至打个手电猫在被窝里。写信，那可是郑重的，铺开信纸，咬着笔头，字斟句酌，唯恐有什么话漏下了，有什么话直白了，或者有什么话要喊出来……有时洋洋洒洒就是几页。

写信想得更透，看得更深，语言表达也更绵密，更完美些，像我这样笨嘴拙舌的人，写信恰好弥补了先天的不足。每次写信，我都搜肠刮肚地挑选句式，遴选诗词，努力使信文雅别致，富有才情；每次写信，我都正襟危坐，在冥思苦想中编织着细腻的感情罗网，梦想着网住她，系牢她；每次写信，我都把它当作一次心灵之旅，回忆过去的美好，拾掇当前的温馨，描画明天的生活，在勾勒中饱满自己……写好之后，意犹未尽，封口的信封还会被我用水一点儿点儿地濡开，再把浓浓的思念烹一烹放进去，然后仔细地封上口。

尽管那时我们只是穷学生，但是对写信还是颇为讲究的。信纸一般是带有学校名称的信纸——为了那小小的虚荣心。如果没有这样的信纸，我也会在街上挑那粉色嵌有朦胧图片的信纸。我喜欢绘画，信里涂鸦自然也就少不了——不只是为了炫耀自己的画，更多的是以画传情。拆信也有技巧。我从不把信直接折了放进信封。我喜欢把信纸折成心形、鹤形或者菱形来隐晦地表达那在文字里没有传达出来的丝丝爱慕和点点相思。

寄信，也是郑重其事的，一定要找一个自己认为稳妥的信箱，才放心地把信塞进去。要是遇到下雨，为了怕被雨打湿，怕有褶皱，我总是把它放在怀里，贴近胸口的位置。到了寄信的地方，虽然信并没有什么褶皱，我也会把它放在书下面压了又压，直到看上去平整熨帖才放心寄出。

那时收到回信最快也要一周左右，而一旦有什么耽搁，恐怕就要十天半月了。等待一封回信，虽然有时有一种望穿秋水的感觉，但那绝对是一段美好的时光。每天抱着希望去收发室，带着失望回头，那种急迫的心情是不能用言语叙说的。“就是找情人也没有这么投入啊。”这是收发室张老的一句戏言，但是那感觉还真有这么一股麻辣味儿呢。只要收到了回信，就什么怨怼都烟消云散了。

急切地打开，反复地阅读，咂摸着感情的橄榄，寻找着相思的红豆，那种幸福欢悦就是千金也不换啊。和相恋的人飞鸽传书的日子，那欲说还休的羞涩，那日短情长的思念，那恣肆如火的激情，都在短短的尺素里脉脉地传递。今天，再次打开那尘封的记忆，它依然像洪流一样泛滥在我的胸怀之间，不能自已。

余光中先生在《尺素寸心》中说，阅读来信是人生一大快事，但是今天它却成了一种奢侈。虽然有便捷的ＭＳＮ、ＱＱ、电子邮件、手机短信，但是却没有了手写书信时端正严肃的态度，字字推敲、款款情深的形象再也无处寻觅了。今天，虽然我们偶尔也能收到广告之类的信件，但那里早已经没有了感情的沉淀，没有了人的面影了。

摩挲着泛黄的信纸，虽然有些字迹已经模糊，但是那里面的阳光还在，温暖还在，这不是人生中最值得铭记的诗篇吗？但是，今天，云中还有谁会寄锦书来呢？只能是一声喟叹。

（《老年人》2016 年 12 月）

跑向新年

父亲是我们家跑向新年的领跑，我们都在他的指挥跨过一个又一个新年的门槛。一进入腊月，父亲就开始为过年忙碌起来。由于母亲一向身体不好，不能担担，不能久站，里里外外的活计做不了多少。每天，一忙完外面的农活，父亲就开始规划着，准备着。那个岁月，家家都不富裕，但是我们家却在父亲的调理下新年儿过得有滋有味。

每年，父亲最先忙着的是做米酒。父亲的米酒做的绝好，是我们每年都渴盼的美味。一到农历十一月我们都会催促着父亲，嘀咕着表达不满。不知说了多少遍，父亲才放下手中的活，安心地炮制他的米酒。父亲将糯米烧熟，打进甑里；然后郑重地洗净手，洒上酒曲，细细地拌匀；最后盖上盖子，用棉絮裹得紧紧的。于是，我们就常常数着日子，时不时还蹿到甑旁，隔着棉絮闻闻。“爸爸，好像熟了呢。”“爸爸，是真好了，不信你看看。”每天我们就穿梭在甑和父亲之间。而每次父亲总是慈爱地笑着摇摇头说：“不急，不急，心急哪能酿出好酒呢？”终于，在我们千呼万唤中米酒“咚咚咚”隆重出场了。我们捧着一碗米酒，小心地。这时，我们不再急着喝米酒了，贴近碗细细瞧，淡黄中透着金色，是阳光的影子吧；闻一闻，淡淡的稻香里带有些微的蜜意。一碗米酒我们端着它舞遍半个村子，才恋恋不舍地舔一口，醇厚绵甜的质感立即挑动全身的每一个细胞，弥漫成一片欲说还休的热烈。

在等待米酒的日子，父亲开始做麦芽糖。麦芽糖是小时候我们的又一挚爱。晴朗的日子，父亲会拿出吊在屋梁上的干麦芽，在阳光下暖一暖，再用石磨碾碎，加进糯米饭盛进大缸，封上口。待到出了糖汁，父亲就开始端坐在锅旁熬糖。平时打打闹闹的我们这时是安静的。我们窝在小小的厨房里塞火，洗抽屉斗，洗簸箕，等着糖的出锅。看着父亲用筷头将糖滴在冷水碗里，连成一条金色的细线，捻起来软软的不变小，糖就好了。这时，我们挤到父亲的身前，父亲总会用筷头挑起一团塞进我们的嘴里。除了拉成一些糖坨，其余的都会加进炒好的冻米或者芝麻、花生之类拌匀，切块，制成糖。这时，最欢乐的是我们。待在簸箕旁，瞅空抓起一块包进嘴里，一咬“嘎嘣”响，甜甜的，香香的。吃得差不多了，有时还会搂几块放在袋里，宝贝一样捂着。糖做好了，父亲常常会用碗装一碗送给邻居尝尝鲜。

腊月二十四除檐尘，二十五打豆腐，二十六炒年货，二十七杀年猪。值得说一说的是打豆腐。父亲做事虽然是一把好手，但是做豆腐却总是差强人意，尤其是点卤——不是石膏放少了太嫩，就是石膏太多太老。每每这时，妈妈就会唠叨他，榆木疙瘩不开窍，可是父亲总是抹着额头的汗呵呵地笑。

父亲上过师范，后来由于“文化大革命”被迫辍学，但写得一手好字。每年腊月二十八到除夕是父亲最忙碌的日子。全村的人家几乎都会来找父亲这个秀才给他们写春联。记忆中的父亲这时是最开心的，出来进去都是笑眯眯的，连走路都哼着小调。父亲写对联的时候，是不能有嘈杂的声响的。于是，我们就趴在旁边羡慕地看着，想着要是自己也能写手漂亮的字该多好哇！可惜，至今我的毛笔字还是拿不出手。父亲写的对联，一些是历书上的，一些是古诗中的对子。有时，父亲兴趣来了还会自己拟写一两副对联。记得那年家里做了新楼房，又适逢兔年，父亲就拟写了这样的一副对联：门户临风迎春入；高楼触月接兔归。现在回看这副对联，里面有着几多父亲的青春年少、意气风发呀。

直到父亲陪着母亲将年夜饭端上了桌，父亲才真正停下追赶的脚步。在跑向新年的日子里，父亲是满足而充实的。我们也在父亲的巧手里，一个个长得健壮如牛，可是父亲却让岁月的琴弦弹弓了腰身，弹白了头发。父亲已差不多有十年没有做过米酒、熬过糖，豆腐就更没打过。虽然兴致所至，父亲还会挥挥毫，写一写对联，但是再也没有人找他写对联了。“要是再年轻十岁多好。”父亲絮絮叨叨地说，像是自语，又像是说给我听。可是，我那个奔忙的父亲却实实在在再也跑不起来了。

（《池州日报》2013 年 1 月 30 日）

水车悠悠翻雪银

水车不像犁，往肩上一挂，扛着就走；也不像轧车，轱辘、坐凳分开，挑着就走。它的名字里虽然有个“车”字，却连一个车轮都没有。它不但不能载货，想要请动它，你还得驮着它。这是不是有些太娇宠了？你如果这样说，父亲就会跳出来抢白你：“田干得喊人，它能给稻子清水。我不宠着它，宠你，你行吗？”

水车在二十世纪七八十年代是不可或缺的农具。包产到户那会儿，全队只有六架水车，家家都想要，这也不够分啊。抓阄！父亲是会计，发扬风格，让大家先抓。等到他打开阄，上面竟歪歪斜斜地写着“水车”两个字。好事砸上头，大水也冲不走。而他却把水车让给了小东。母亲知道了，不知唠叨了多少回，他呢，只是笑笑。

父亲不在意，老天却并不给他面子。那年大旱，水田成了白地，稻叶都卷了起来。家家忙着车水，到哪里找水车呢？正是稻穗扬花灌浆的时节，你说这下把他急得吧——一天跑田里两二趟，就是找不到办法。最后，他拖着我们到水塘里去挑水。三亩多田，挑水能解决什么问题呢？父亲牙齿咬得嘎嘣响，救一棵是一棵。幸好，雨在三四天之后就下了起来，要不然，我都要被他拖死——被扁担磨得冒血眼的肩头，像撒了盐，火辣辣地痛。

这样下去，不是办法，要做架水车。这次，父亲真的急了，不停地嘟囔着。

第二年开春，父亲把藏在阁楼里的刺槐搬下了楼，请来老师傅张建军做水车。一看用刺槐做水车，张师傅不干了——刺槐太结实，做起来费工费时。在父亲的软磨硬泡下，加了工钱，他才开了斧。张师傅做农具确实是把好手。你别看刺槐笨重，但是到了他的手里，就像有了生命一样：水车做得修长秀气，看着就养眼。水车做好了，父亲又给它打了底子，刷了三遍桐油。收拾好了的水车，就是放在阴暗的地方，都发出油亮金黄的光泽。父亲望着它，脸上漾出舒心的笑意。

从此，这架水车就被父亲驮在肩上，从一个田垅奔向另一个田垅。“水车旋转自轮回，倒雪翻银九曲隈。始信青莲诗句巧，黄河之水天上来。”有了水车吱嘎吱嘎的浅吟低唱，稻花香了，棉花白了，玉米黄了……

车水是一件耗体力的活儿，我从来不敢一个人车，而父亲喜欢一个人拉着两个把手车，嘴里还哼着黄梅小调儿，显得悠闲自在。休息时，他喜欢空口喝点儿小酒，说是消暑解乏。望着水快乐地跑进田里，他紧皱的眉头跳起了舞来。

“前村后村水车声，伊伊轧轧终夜鸣。”印象最深的一次车水是1984年的“双抢”。抢收抢种，节令耽误不得。为了把一块塝田（即高处的田）抢插下去，我们半夜里去抢水。那时，家家都在插田，哪里有多少水存在水沟里呢？我和母亲顶着月亮，踏着夜露跑到水沟边，却发现早就有人在了，不过他是在忙着插田。

我们架好水车，把水沟里的水刮到底档的田里。还没有车两个小时，水就干了，我们又把水车搬到底档田往上抽。一块田，搬了三次水，才把水送到了田里。等我们车完水，太阳已经升老高了。虽然被折腾了六个多小时，但奇怪的是我却并不感到累。父亲说是忙忘记了，但母亲却说是我长大了，懂得担当了。

也许母亲的话是真的，经过了那次磨炼，之后我也能像父亲一样一个人车水了。

随着抽水机的使用，水车退出了历史的舞台。父亲把它擦洗干净，郑重地收在了老屋的阁楼上。每次回到故乡，我都要爬上去看一看它，摸一摸它，闻一闻它，那往日的一幕幕又浮现在眼前……

（《思维与智慧》2016年12月上）

夜　渔

家在升金湖畔，捕鱼是那个年代谋生的手段。夏天的夜晚，只要天气晴好，父亲常常和本家叔叔一起到湖里捕鱼。

父亲和叔叔吃过晚饭，就点着马灯，带着渔网，划着船出发。这时，我喜欢跟着，父亲总会摸摸我的头，说水上危险，让我在家里好好待着，回家煮鱼给我吃。这怎么能满足我的欲望呢？有空的时候，我就缠着父亲说怎么打鱼，而父亲对我的好奇没有兴趣，只是说用心念书，以后再带我去打鱼。

没有机会上船，也不知道怎样打鱼，我就每天早晨跟着妈妈到码头上接爸爸。爸爸的船天蒙蒙亮就靠了岸，而在岸上，早就有鱼贩子在等着。父亲在船上就把鱼卖了，而对于我期望吃到大鱼的念头，父亲似乎是忘记了，家里能吃到的也就是那些卖不出去的猫鱼。

我非常羡慕父亲他们夜里行走在湖上。有一次，我趁他们不注意，偷偷地跟在他们的后面，跑到了湖边。叔叔说：“让孩子去吧，夜里他一个人回去也不放心。”父亲才没有拦我，但是要我只能待在舱里。

那是怎样一个美妙的夜晚。躺在船舱里，跷起二郎腿，单手托头，扯一根水草含在嘴里，青涩中有着丝丝甘甜。天空明净如洗，星星闪烁鲜亮，月光如水流泻，水上闪烁着银白的光。船桨翻飞流水响，蛙鼓声声稻花香。这样的世界，还有什么可以比拟的呢？

叔叔慢慢地摇桨，父亲站在船头眺望。我问父亲在干什么，父亲说：“找鱼。”站在船上怎么找鱼呢？我也跑到船头，原来父亲是借着月光寻找鱼群。河上到处是粼粼的水波，亮闪闪的，怎么能够发现鱼在哪儿呢？我问父亲，父亲瞪了我一眼：“万事都有学问，少说话多观察。”

那一片鳞光闪闪的就是鱼？我有些怀疑，它和别处不也是一样的吗？我不敢说话，静静地坐在舱里等着。叔叔放慢了划船的节奏，父亲把网顺着刚才估计的地方放下去。约莫等了半个钟头，父亲开始收网。网里的鱼在蹦，网外的鱼在跳，银亮亮的，开了锅一样，这真是一个幸福的时刻。看着一条一条鱼儿落进船舱，那种喜悦真是无以言说，难怪父亲常说“吃鱼不乐打鱼乐”了。那一网，少说也打起了三十多斤。

那天晚上，我们捕了一百多斤鱼。第二天到码头，母亲早就等在岸上了。母亲责怪着父亲，怎么把我带到了湖上，让她一晚上没有睡着。我抢着抱起一条十多斤的草鱼，说要带回家去煮着吃。父亲说也没说就把鱼夺了下来。后来母亲说，那些鱼是两家的，我拿了鱼，父亲很为难。但是父亲却破天荒地带回了几匹王丫，那也许是我至今为止吃到的最鲜美的鱼了。

那时，父亲夜渔的时间很长，从春天一直延续到秋末。到了冬天，父亲就会把船拉上来，用桐油一遍遍给船上油。父亲做这项工作时，嘴里还会哼着小调，把船涂抹得油光水亮。这工作对父亲而言不是劳动，而是一种享受。

联产承包责任制之后，父亲忙了起来，偶尔也会去夜渔。后来随着升金湖的开发，父亲就彻底地上了岸。那条曾经被父亲像孩子一样爱护的渔船也退出了历史舞台，斑驳腐烂，直至完全没有了踪迹。

在有月亮的晚上，两个人划着船，在清澈的水面上，收获着一船月光，那是多么浪漫的事儿。今天，父亲总是喜欢念叨着那条船和发生在船上的那些事，而我也不时想起那晚夜渔的美好时光。

（《中国教师报》2013 年 10 月 16 日）

消逝的村庄

又站在故乡的土地上，可是我已经找不到回故乡的路了。

满眼是断壁残垣，荒草丛生。没有了袅袅炊烟，没有了追逐的孩童，没有了喧闹的人声，有的只是死寂。满目疮痍中，只有不多的房子还横在村落里，一两个老人在门前晒着太阳，偶尔有一两只野猫或者鸟雀的影子闪现，才有一些活气。这是我那记忆中的故乡吗？好像是，又不全是。

我的故乡是升金湖畔的一个静谧和平的小村庄。

它就像镶嵌在湖畔的一片绿叶，虽然平常，却带给我许多美好的时光。记忆就像相机的底片一样。每当在城市中被生活挤压、被奔波苦恼的夜晚，站在月光之下，俯卧在床侧，我都会咀嚼着故乡的点点滴滴，似乎那里有着让人取之不尽的温暖，读之不绝的绵长，汲之不断的力量。

而站在故乡土地上的我，也不再是那个狡猾的顽童，已经是两鬓染霜的中年汉子了。

故乡记忆最深的就是气势恢宏的戏台了。儿时的戏台金碧辉煌，是我们常常嬉戏玩耍的地方。两层楼高的戏台飞檐翘角，顶上是铜塑的罗汉，面目狰狞，记得好像还有类似麒麟之类的灵兽。梁柱之间有精美的木雕。大梁上彩绘着《四郎探母》的壁画，也许是年代久远，斑驳脱落得只能看到一些影像了。平常的日子里，台上台下到处有我们的身影。斗蛐蛐、过家家、跳田，高兴起来了，我们还会过一过戏瘾。咿咿呀呀的，我们是没有那个耐心的，我们玩得最多的是《王小六大豆腐》，一句两句嘎巴干脆，还有味道。

最热闹的时候是春节前后。戏台上常演的戏不是《打猪草》《王小六大豆腐》，就是《小辞店》《女驸马》之类，每年似乎都在追怀往事，借古讽今。我们孩子们可不管这些，只要锣鼓一响，我们就带着小凳子，揣上蚕豆、花生糖之类的小吃，早早地拥到戏台跟前。我们追打着，嬉闹着，有时干脆爬上戏台抬着方步威武地走过，就像一名凯旋的将军似的。老人的呵斥，大人的不满，我们是不会在意的。

往日的情怀依旧，可是戏台却由于拆迁彻底荒废了。戏台的屋顶坍塌了，山墙也倒了两面，合抱粗的立柱倒伏在地，满地瓦砾，只有几茎荒草在风中颤抖。

看着垮塌的戏台，我突然害怕了起来：祠堂不知道怎么样了，不会也是如此颓败的光景吧。

祠堂是典型的徽派风格，白墙黑瓦，马头墙、翘屋檐。

它坐北朝南，前后三进，用木屏风隔着，布局对称，中间还有天井明堂。记忆最深的是门前有一对大石鼓，两狮对峙，门上是彩绘的门神，屋里是雕梁画栋。祠堂里有些什么，已经没有多少印象，因为那时它已经是我小学时的学校。我们在祠堂里读书，习字，放纸飞机，描画绣像，那里留下了我人生最初求学的足迹。

可是，这还是我的祠堂吗？高大肃穆让人仰视的祠堂哪里还有它的踪迹，高高的台阶还在。走上台阶，明堂下的天井虽然还在，也被破坏得没有了完整的条石，遍地狼藉，荆棘丛生。

听村里人说，要在公路边重修祠堂，可是，这样的祠堂还有历史的血脉吗？还有根的牵绊吗？我无以言说，独自对着斜阳一声长叹。

我们村子依着地势而建，就像一条扬帆起航的航船。村子北面那棵百年乌桕树就是这只船的桅杆，村人一直视它为我们这个族姓得以发扬光大的脊梁，这里也是我们儿时洒下许多笑声的地方。前几年，有人盯上了这棵乌桕树，都被村人坚决地回绝了。它应该还在栉风沐雨，绿荫匝地地展现着勃勃生机吧。

我的乌桕树呢？我的乌桕树呢？我咆哮着，我再也看不到我的乌桕树了。我跪倒在乌桕树原来所在的地方，捧起一抔黄土，哀悼这位守护了我们百年的忠实朋友。我想如果它今天还活在异乡的土地上，它也会在睡梦中回到这个昨日的故乡吧。

面对着即将逝去的故乡，我无语凝噎。村庄的搬迁应该是一件值得高兴的事情，可是我却怎么也无法高兴起来，反倒生出无尽的遗憾和扎心的疼痛，这是为什么呢？我陷入了深深的沉思。

（《意林文汇》2013 年 1、2 期合刊）

父亲养猪

从我记事起，父亲就一直在养猪。那时，没什么谋生手段，养猪虽然不怎么赚钱，却是零存整取的好方法——卖了猪，或多或少能换点儿钱在手里，至少能做一两件事。

那时没有除草剂，田野到处长野草。一放学，不用父母催，我们兄弟几人就挎着篮子奔到田里打猪草。看猪长得膘肥体壮，我们向父亲嘀咕："卖了猪，能不能给我们买本《大闹天宫》？"或许是看到猪长得油亮亮的，父亲痛快答应，并在卖猪的那天满足了我们的小小心愿。

那时，猪大多是用草饲喂。为防止猪跑，父亲在猪圈门上放了块大石头，但猪照样跳上跳下。"猪只有吃了睡，睡了吃，才长肉。"父亲又横放了一块石头在上面，还叮嘱我放学回家要看好猪。

那天放学，看到猪安静地待在圈里，我就跑去和小伙伴下象棋了。一回家，就听到父亲对母亲吼，我不敢作声，跑到猪圈前一看，小猪死了——大猪跳圈的时候，把上面的石头蹬下来，砸死了小猪。父亲没有对我说一句话，独自坐在猪圈前，抽了一夜的烟。当时，一头小猪能卖三四十元，而我的学费才十几元。

为了让我和弟弟安心读书，父亲在我们上高中之后，又建了两排猪圈。为了让猪不生病、少生病，父亲摸索着，自己给猪打针，给猪圈消毒。没有学过兽医的父亲，说起养猪的道理来，一套一套的。

有一年发洪水，左邻右舍的猪发瘟，死了不少，而父亲养的二十三头猪却毫发无损。许多人跑来求教，父亲得意地告诉大家："发洪水，人不能喝河水，猪也一样，我给猪喝的是井水。"在父亲的眼里，猪已经成了他不离不弃的伙伴。

也有失败的时候。那年，父亲看到养老母猪赚钱快，也尝试着养了一头大长白猪。那天，大长白猪生了十六只猪崽儿。猪崽儿的免疫力低，父亲就照着书上的介绍给猪崽儿消毒。可当父亲把猪崽儿送回猪圈的时候，大长白猪却拼命地撕咬它们，往墙上扔。父亲惊呆了，跑进猪圈把小猪抱了出来。望着摔死的三只猪崽儿，他落泪了，自己棉衣的后背被大长白猪撕得一条一条的，像旗子一样，他却浑然不觉。

事后，有经验的人告诉父亲，老母猪是因为闻不到猪崽儿身上的气味才发狂的。其实，只要把猪崽儿往老母猪身上蹭蹭，或者给猪崽儿喂喂奶，老母猪就不认生了。问题解决了，父亲却再也不敢马虎。那一个月，父亲忙完了农活就蹲在猪圈旁盯着，半夜起来都要去看一看。

那一次，卖猪崽儿挣得钱很多。父亲拿到钱的那一刻，终于舒心地笑了。

如今，父亲老了，田也不种了，仍在养猪。听着父亲在电话那头的唠叨，我的泪忽地就出来了……

（《乡镇论坛》2016 年 8 月中旬刊）

三秋的烧烤

秋天一到，旷野镀上了一层金色，洋溢着丰收的喜悦，牵动着我的情思。站在田野，眼前的一切是那么熟稔，那么饱满。遥远的故乡，儿时的流年碎影，也在我的舌尖上满溢开来。

小时候生活艰难，但是秋天的乡野可以吃的东西很多：枣子、石榴、花生、菱角、莲蓬……但是，给我留下最深刻印象的莫过于三秋的烧烤了。

烧烤豆荚是我们常常上演的节目。棉花开了，一片银白；稻子熟了，一地金黄；这时，大豆也饱满了，泛出诱惑的黄色。我们借着割猪草的机会，钻进棉花地，瞅着田塍上大而饱满的黄豆，砍上一捆藏在篮子里，跑到隐蔽的火粪前，把大豆连着豆棵一起放到火上烧。青青的豆棵随着熊熊的火焰跳起舞来。一阵滚滚的浓烟过去，豆棵化成了青烟，火堆里就响起一阵“噼噼啪啪”的响声。那些大豆粒儿骄傲地跳了起来，又落进了火堆里。浓烟还未退尽，我们却等不及了，拿着一个小木棍就在火堆里撩拨，寻找。看到了胀鼓鼓的大豆，也不管它冒着怎样的热气，抓起来就往嘴里丢。也许是太贪婪了，舌头总被烫得火辣辣的直嘘气。也许有没熟透的辛味吧，但今天想来却只有浓浓的豆香弥漫的齿颊生香的美好了。

最幸福的时刻是烧红薯。从地里偷来红薯，直接塞进火堆，再从田里偷来稻草或地头晒的毛柴，放在火粪堆上，用土压实，点着稻草。我们趴在棉花地里，盯着烈烈燃烧的火焰，映出的是一双双渴望的眼。红薯个儿大，虽然有热灰包裹着，但是不容易熟，我们必须添上三两次柴草，才渐渐地闻到甜香从火堆里透出来。为了吃到红薯，我们往往要折腾一个下午。有时即便是一个下午，烧烤出来的红薯还是生的，泛着白生生的光，吃起来还有一股水淡的味道。当红薯的味道充溢在我们四周的时候，扒开火粪，撕开烧得焦黑的皮，露出黄中带着一丝丝红甜的红薯，它就那样霸道地攫住了我的眼睛。审视着，端详着，轻轻抿一口，红薯的甜香就勾起了我的每一根神经，饱满了我的每一个味蕾。两个红薯下肚，再喝几口清澈甘洌的河水，肚子就溜圆了。

那甜味，那香气，那滑稽，醉了我少年青衫的记忆。直到今天，那原野上烧红薯的情景，如一幅多彩的画卷印在我的记忆深处！

家乡在升金湖畔，鱼是最寻常的。每到秋天，人们都会晒小鱼以做冬天的菜蔬的储备。那时，家家户户门前都会用簸箕之类晒那些腌透了的小鱼：鲫鱼、麦鱼、鲦鱼……这么广阔的天地，自然就有了我们浑水摸鱼的机会。每天，只要三五个人凑在一块，就会捉一些小鱼儿跑到火粪堆里烧着吃。在众多的小鱼中，我最钟爱的是鳑鲏鱼。这种鱼个小扁平，油脂多，塞进火堆里，几分钟就熟了。捧在手心，凑近一瞧，它还流着油呢。塞进嘴里，暖厚润泽，甜香多脂，真个是鲜美无比，满口飘香。

岁月年轮碾过了三十多年，又一个诗意的秋天来了。每每回味起小时候三秋里的烧烤记忆，我的心里总会泛起一股暖、一片甜……我想，童年那烧烤着的秋天，是我今生最美好的回忆……

（《中国妇女报》2016 年 9 月 26 日）